KB081290

급! 고독

# 급! 고독

이경림 시집

창비

차
례

## 제3부

제1부

# 눈이 와서

눈이 와서
문득 하늘이 있다 막 퍼붓는
하늘을 쓰고 눈 쪽으로 사라지는 사람이 있다

잔가지에 쌓인 눈
위태롭고 안온해서 아름다운 눈을 어루며
미친 척 부는 바람이 있다

눈이 와서
문득
유리 안에 소파가 생겨나고
후우욱
긴 숨을 내쉬는
네가 생겨난다

유리(琉璃) 속을 번지다
유리(遊離)로 가라앉는 그림자

어딘지 외따로 서 있을 오두막같이

앞이나 뒤나 안이나 밖이나 온통

눈이 와서
오솔길은 뱀처럼 숲의 가슴을 파고들고
적송은 풍파 소리로 지나간다

# 서쪽

딸은 서쪽에 있다고 말했다
거기가 어디냐고
무엇의 서쪽이냐고
묻는 걸 잊어버렸다

바로 코앞인 것 같으나 만져지지 않았다
아주 먼 곳 같으나 코앞이었다
모르는 행성 같기도 했다

나뭇잎들 서쪽으로 서쪽으로 흔들렸다
그림자들 하나같이 서쪽으로 누웠다
집, 길, 햇빛, 사람, 나무, 하늘
모두 서쪽이었다

여긴?
돌아보는데 그녀 있던 자리 벌판이었다

누런 이파리들이 춤추듯 날아갔다
깡충깡충 한뼘씩 가는 것도 있었다

쓰레기통 옆인데 자동차 밑인데 보도블록 아랜데
모두 서쪽이었다

한 아이가 서쪽을 꺾어 들고 서쪽으로 달려갔다
버들개지 같은 서쪽

# 주황발무덤새*

아비는 무덤을 만드느라 생의 절반을 보냈네
봉분에 둥그렇게 파놓은 구덩이에 풀덤불을 깔고
어미는 언제 한번 품지도 못할 알을 낳느라
꽃 시절을 놓쳤네

아주 잠깐 우리는 어미의 앙증스런 알이었지만
우리를 부화시킨 건 썩는 풀들의 미친 열기였네
다정한 악취였네

그때 아비는 무덤 꼭대기를 서성이며 육만년이나 망을
보고
그때 어미는 무덤 속에서 육만년을 낳느라
우리의 꽁무니에 꼬리가 나고 차츰 길어지고
어깨에 날개가 돋는 것도 몰랐네

사실, 우리의 어미는 썩은 풀덤불이었네
사실, 에미도 애비도 필요 없는 우리는
사실, 애초부터 어른이었던 우리는
새도 닭도 아닌 우리는

너무 작은 날개가 슬플 뿐인 우리는

천상열차분야도 검은 바탕 속
어느 희미한 별의 원주민인 우리는
주황의 맨발만 환한 우리는

* 오스트레일리아의 원주민 가수 제프리 구루물 유누핑구가 부른
  노래 제목.

# 기수급고독원

흘러가는 구름을 기수급고독원이라 불러도 좋겠습니까
산비탈 공터에 홀로 울울한 팽나무를 기수급고독원이
라 불러도 좋겠습니까
우듬지 근처, 위태롭게 얹혀 있는 까치 둥지의 검고 성
근 속을,
담장을 뒤덮은 개나리덩굴 아래 고양이처럼 앉아 있는
검은 줄무늬 돌멩이를,
엄동에 종일 생선 리어카에 붙어 서서 떨고 있는 반백의
저 사내를,
기수급고독원이라 불러도 좋겠습니까

거두절미하면,
'급 고독'
헐벗고 고독한 이들에게 자비를 베풀었다는
이천년 전 어느 장자(長者)의 전설과는 상관없이
속으로 급히 꽂히는 말, 급 고독(孤獨)……
급! 고독(高獨)

급전 쓰는 마음처럼 급(急)

쓸쓸,
쓸쓸함의 최고봉
쓸쓸함의 낭떠러지!

발치에 차이는 빈 깡통을 기수급고독원이라 불러도 좋
겠습니까
이녘으로 몸 들이밀기 무섭게 얼어붙은 저 빨간 장미를,
입 헤── 벌리고 종일 똥 떨어지기 기다리는 창백한 저
변기를,
기수급고독원이라 불러도 좋겠습니까

천지에 널린 고독 사이를 흘러다니다
급(給), 고독(孤獨)하여
급(急), 고독(高獨)이 된 그를, 나를,

기수급고독원이라 불러도 좋겠습니까

노을이 벌겋게 산등성이를 먹어치우는 저녁은
고독을 나눠주기 알맞은 때

저녁이 이녁에게
급! 고독
전보라도 날리기 좋은 때


　저녁의 장지문 안에서 한 그림자가 오래 먹을 갈아 천천
히 쓰기를,


　이녁은 비록 협개(挾塏)하나 천림(泉林)은 번울(繁鬱)하
고 인벽(人壁)이 사방 구만리(九萬里)니 가히 고독(高獨)의
가람(伽藍)을 지을 만하지 않은가*


　* 기원정사(기수급고독원)의 건립 비화에서 빌려옴.

# 앵두의 길

그때 나도 터질 듯 붉었을까
온몸에 빽빽이 그걸 매달고
미친 듯 역류하고 있었을까

생각날 듯 생각날 듯 앵두꽃 떨어지고
어디 꽃자리만 한 영혼이 문득 앵두로 익어갈 때
누군가 간절히

── 얘들아, 그만 내려와, 너희들은 지금 너무 빨갛구나

타이르는 저편 하나 없이 막무가내
땡볕인 척 타올랐을까
부지불식의
속을 짓물리고 있었을까

가지마다 아이들을 다닥다닥 매단 그 나무는
왜 어째서 어떻게
그렇게 한 자리를 전속력으로 달아났을까

달아나면서, 갈피마다 빨갛게 죽은 아이를 숨긴 채
마침내 가장 여린 가지에 깊이 찔린 것일까

그것이 앵두일까
앵두의 꿈일까

가령, 천지간에 가득한 앵두 하나 있어
희고도 붉고 깊고도 휘둥그런 앵두 하나 있어
아득하고 모호하고 번개 같고 굼벵이 같은 앵두 하나
있어
아침보다 자욱하고 저녁보다 텅 빈 앵두 하나가 있어

마침내, 수미산보다 크고 눈곱보다 작은
새빨간 장롱 같은 앵두 하나 까무러칠 듯 익는 동안

나는 피비린내를 과육 향으로 읽으며
무슨 유구한 영혼처럼 어른거리던 그 나비들을 다 버려
야 했을까

그러나 나무 위로 올라간 앵두들은 끝내 내려오지 않고
볼이 터져라 달아나기만 하는데
어쩌자고 참

앵두는 앵두
앵두나무는 앵두나무

# 수선화를 묻다

그때, 내가 한 수선화에 세 들었을 때
수선화 노란 가루를 온몸에 쓰고 수선인 척 있을 때
수선화 꽃 색은 얼마나 노란가? 듣도 보도 못했을 때

그때, 내가 한 수선(水仙)에 세 들었을 때
수선의 낮은 하늘을 나는 제비나비 한마리에게 없는 속
을 다 내줄 때
독침 같은 바람이 와 수선화 노란 물기를 다 걷어 가는
줄도 모를 때
수선화, 수선 수선 물기 걷히고
녹아내릴 듯 짓무른 목을 가까스로 가누고 있을 때

그때, 내가 수선화 노란색에 세 들었을 때
봄 아지랑이 파도치는 허기보다
일곱살 계집아이가 백발 노파가 되는 일보다 더 노랗게
세 들었을 때

수선화, 노란 향기가 뼈마디를 다 녹이고
수선화, 노란색이 수선을 다 지우는 줄도 모를 때

수선화 자태는 얼마나 애틋한지
세살 적 처음 본 냇물처럼
채 도착하지 않은 햇살처럼 애틋해서
내가 그만 늙은 수선 한잎으로 슬그머니 흘러내리고 싶
을 때

어느 캄캄한 회음부를 후룩 빠져나온 물이여
꽃물이여

거기가 어딘가

아득하고 희고 푸르고도 노란, 그러나
북명(北溟)보다 검고 희고 완강한 그 어른거림이 과연!

# 비유적 분류

옆집 남편 b는 택시 운전사. 나는 그의 하루를 비유적으로 분류해보기를 좋아한다. 일테면 그의 하루는 대개의 인간군처럼 밤과 낮 독립된 두 절로 나눌 수 없다. 그는 임의로 밤과 낮을 소환한다. 그의 한낮은 눈에 불이 출출 흐르는 그의 호랑이, 신신택시 운전대에 앉아 수십개의 눈들이 레이저를 뿜어대는 빌딩 숲을 누비며 호시탐탐 승객을 찾을 때이다. 그때 나는 그를 **불타는 눈깔**이라 분류한다. 불볕 쏟아지는 택시 정류장에 서서 오가는 행인을 하릴없이 눈으로 좇을 때 그는 **늪에 빠진 시계다.** 어쩌다 뻥 뚫린 6차선 도로에서 백미러로 낯이 반반한 아가씨의 둔덕 같은 가슴을 눈으로 집적거릴 때 그는 **섹스하고 싶은 나나니벌,** 노름방에서 일당을 몽땅 털리고 나와 골목 어귀 느티나무에 등을 대고 뿌옇게 담배 연기나 날릴 때 그는 **대낮 아파트 벚나무 가지에 날아든 수리부엉이,** 그 일로 마누라에게 쫓겨나 피시방에서 자판이 부서져라 두드려댈 때 그는 **와르르 무너지는 굴뚝**이다. 그러나 이 모든 비유는 적합한가? 중요한 건 그 비유들이 만장을 펄럭이며 내 관념의 허공을 스쳐갈 때 그 속에서 오줌 마려운 개처럼 킁킁거리던 말들이 성난 늑대처럼 그 지루한 '적합'을 물어뜯으며 덮쳐온다는 것, 그 아득한 잠깐 속에 둥지를 틀고 있던 새 한마리가 휘황히 날개를 펼쳐 들고 날아오른다면? 그때 아가씨 젖가슴을 흘끗거리다 느닷없이 뺨을 후려 맞은 택시 운전사처럼 시대를 알 수 없는 여자의 얼굴 같은 문장 하나가 내 귓바퀴 속 캄캄한 동굴을 밤의 전조등처럼 경적을 울리며 지나간다면? 그때 그는 **쏟아지는 빙하**다. 그러나 지금 그는 성난 마누라 앞에 질척질척 몸으로 엉기며 다만 살아 있음을 용서받으려 끙끙거리고 있다. 그는 대체 무엇인가? **똥통 벽을 하염없이 미끄러지는 구더기**? 그러다 **그녀**에게 얻어맞고, 막 학교에서 돌아오는 아이를 걷어차고 있다면? 그는 딱! **날뛰는 똥**이다. 만약 오늘밤 그가 술에 절어 거실 바닥에 큰대자로 누워 빙그르르 돌며 붕붕붕 코를 골며 잔다면 **뒤집힌 풍뎅이**다. 그외에도 그를 분류할 이름들은 만화방창이다. 마치 꽃들의 종류와 형상을 이루 헤아릴 수 없는 것처럼, 사실 그는 지금 꽃의 시간을 지나가는 중이니까. 꽃들은 비영속적이고 꽃들은 영속적이고 꽃들은 변덕스럽고 꽃들은 비루하고 꽃들은 비겁하고 무엇보다 꽃들은 아름다우니까. **아아, 꽃들은 가마솥에 빠진 새끼 밴 고양이, 장작불에 얹힌 생닭, 금방 쏟아지고 말 먹구름, 없는 자정.**

저기 캄캄한 아파트 복도를 따라 그가 오고 있다. 꽃이
오고 있다.

# 발광

문경 대야산 물소리에 기대 하룻밤 지나간 적 있지요 낯
선 어둠의 알몸 더듬거리며 산중 여인숙에 든 적 있지요
칠흑이 물소리처럼 와서 온갖 색들을 순식간에 지워버리
는 장관을 본 적 있지요 하고많은 목숨의 윤곽들이 거짓처
럼 지워져도 그 울음만은 지우지 못하는 비밀을 본 적 있
지요 소리와 칠흑의 숨 막히는 발광을 보았지요 무언지 반
딧불처럼 반짝반짝 빛의 모스부호를 보내고 있었지요 문
득 그들도 나처럼 누군가의 비밀 조직원 중 하나일지도 모
른다는 생각이 들었지요 어쩌면 나의 슬픔은 내가 다만 그
자의 비밀 조직원 중 하나에 불과하다는 사실을 눈치챈 날
부터였는지도 모른다는 생각이 들었지요 수려한 외모에
우울한 목소리로 한때 세간을 울리던 가수가 생각났지요
어느날 그는 한 컵의 우울을 마시고 망각의 무한발광 속
으로 사라졌지요 그믐이었지요 그리매, 노래기, 하늘다람
쥐, 노랑머리독사, 여치, 귀뚜라미, 쓰르라미…… 숨 있는
것들은 모두 제 식으로 발광하고 있었지요 '참숯 같은 발
광'이라고 내 속의 누군가 중얼거렸지요 그리고 나의 유
일한 발광인 불면이 시작되었지요 가만 보니 입구도 출구
도 없는 그 여인숙은 너무 오래된 것 같았지요 부패의 향

기가 코를 찔렀지요 여기저기 누수가 끝이 보이지 않는 복도를 따라 계류로 쏟아지고 있었지요 별별 종들의 비밀스런 방들은 눅눅함과 자체 발광 외에 그 어떤 배려도 없다고 풍문으로 들은 적 있지만 투숙자들이 그 열악한 환경을 견디는 것은 다만 그자의 비밀 조직원이라는 자긍심 때문이기만 할까요? 태초부터 무료였다는 그 여인숙의 구조를 아는 사람은 없었지요 그저 개미, 두더지, 구더기의 방은 지하에, 진드기의 방은 썩은 나무등치 밑에, 이끼벌레의 방은 이끼 사이에 있을 거라고 짐작이나 할 뿐 아, 주황발무덤새라는 슬픈 이름의, 새도 닭도 아닌 자도 있다지요 누군가 찌르르 찍찍 울기 시작했지요 그가 우는 것은 그의 발광이 다만 울음뿐이기 때문일까요? 어느 방인지 누군가 목덜미 잡혀 끌려가는지 절박한 신음 소리 들렸지요 그렇게, 쥐도 새도 모르게 교체되고 보충되면서 그자의 여인숙이 여전히 성업 중인 것은 과연 무슨 까닭일까요? 이 이상한 발광들이 다 끝나면 아침이 오는 걸까요? 그러면 또 하루치의 지령이 단풍 한잎의 형상으로 툭 툭 떨어지는 걸까요? 그 몇 미터 추락의 길조차 허공이 잽싸게 두루마리로 말아 지워버리는 것은 또 무슨 까닭일까요? 그리고 그 자

리에 처음처럼 다시 또 아득함이 자체 발광을 시작하는 건
지요? 너무 커서 차라리 들리지 않는 그자의 목소리가 생
생하게 들립니다 보입니다 몸에 꼭 맞던 방이 헐렁해지고
물소리 천둥 칩니다

# 1월

1월은 바싹 여위었다

아침도 저녁도 아니다

누군가 1월의 벌거벗은 미라들을 나무라고 부르기 시작
한다

미라의 찬 몸을 두 팔로 안으면 가슴이 뛴다

죽은 몸에서 강물 소리가 들린다

여윈 몸에 커다란 구멍을 가진 나무와 사귄 적이 있다

그의 구멍 속에 가만히 웅크리고 있으면

죽은 별들이 칠흑에 빗금을 그으며 쏜살같이 달아나는
것이 보였다

거기서 거기까지 멀지 않았다

잊어버린 명구 같은 것이 삶이라고 믿은 적이 있다

1월처럼

삶은 덧붙일 어떤 것도 없다

바싹 마른 싸리나무 울타리

문틀도 문도 없이 텅 빈 오두막

찬 바람만이 1월을 클로즈업한다

찬 바람만이 죽은 미라들을 깨운다

찬 바람을 두 팔 가득 안으면 왜 가슴이 뛰는가

# 자정(子正)

　가죽혁대처럼 질기고 긴 길의 끝에서 나는 보았다, 가은*이라는 유리문을. 나는 보았다. 그 속에서 수세기가 내 몸을 돌아 나오는 것을. 지나간 들판 지나간 산 지나간 마을회관 지나간 밤의 광장, 허공에서 상영되던 무성영화들. 나는 보았다. 똥장군을 지고 가는 장수 아버지, 취해 비틀거리며 골목을 돌아가던 아랫마을 김 영감, 어머니는 부엌에서 국수를 삶고 있었다, 할머니는 방 안에서 어항 속 금붕어처럼 입을 벙긋거리며 이야기하고 있었다, 이마에 칸델라 불을 단 광부들이 막장으로 가는 비탈에 한줄로 놓여 있었다, 한 떼의 개미들처럼. 나는 보았다. 검고 둥그렇게 서 있는 옥녀봉, 비탈에 자지러지게 피어 있는 도라지꽃, 구호물자를 받으려 줄을 선 사람들, 악동 형태는 전봇대를 타고 고압선 쪽으로 오르고 있었다. 그 아래, 누렁개 한마리가 뉘엿뉘엿 먹이를 찾아다녔다. 아버지는 눈만 반짝이는 광부들을 지휘하고 있었다. 황금빛 해가 옥녀봉 꼭대기에 우스꽝스레 걸려 있었다. 나는 보았다. 멋쟁이 신 선생이 도래실*로 가는 모퉁이에서 어떤 키 큰 남자와 연애하는 것을, 봉암사 상좌승은 시주 바랑을 메고 북쪽으로 가는 길 위에 놓여 있었다. 나직한 돌담 너머 집들이 비틀 서 있었다.

나는 보았다. 어린 고욤나무가 조랑조랑 매달고 있는 버거운 식구들을. 분홍 양산을 쓴 처녀들이 위험한 레일 위를 걷고 있었다. 도랑마다 물이 넘치고 뚝방에는 문득 몸매 꽃이 피어 있었다. 검은 숲이 검은 새들을 날리고 있었다. 나는 보았다. 바람난 옥자가 검은 새를 타고 어디론가 날아가는 것을. 고통처럼 길고 질긴 가죽혁대가 그녀가 날아간 허공에 떠 있었다.

* 가은, 도래실: 경북 문경의 마을 이름.

# 직박구리들

도대체 너는 왜 내 말에 귀 기울이지 않니?
너는 또 핸드폰 속으로 기어들어가는 중이구나
머리통이 텅 비도록 손바닥을 들여다보면
손바닥에서 화이트홀이라도 솟아오른다니?

단언하건대 우린 콜라 캔처럼 재생되지 않아
그렇게 검지로 살짝살짝 허공을 밀다보면
전천후의 뉴스처럼 장엄하게 네가 떠오를까?

베란다 난간을 그러안고 노을이 내려앉고 있었다
가을도 겨울도 아니었다

더러운 아스팔트길을 따라 오토바이 한대가 지나갔다
누대를 잇는 질긴 피의 밧줄이 굉음을 끌고 사라져갔다

공공근로를 마치고 돌아오는 늙은 아낙들이
흰 수건을 쓰고 느릿느릿 지나갔다

자꾸 흐트러졌다

하루를 마감한 직박구리들이
찌이찌이 울었다

여기저기서 목숨들이 우두커니 보고 있었다
사람이었다 아니었다 나무였다 아니었다
개였다 아니었다 쓰레기통이었다 아니었다
모두 주머니에 몰래 불을 감추고 있는 것 같았다
목이 말랐다

노파로 분장한 여우 한마리가 거울 속에서 물끄러미
내다보고 있었다
어느 장거리에서 본 미친년 같았다
어지러운 옷가지들처럼 장롱에 쑤셔넣었다

미요 미이요
〈어디〉가 고양이 소리로 울었다
헌 옷가지 소리로 울었다

# 토마토 혹은 지금

옆집 토마토들은 지금 전쟁 중 토마토가 토마토를 던지
는 중 퍽 퍽 퍽
　토마토들 허방으로 날아가는 중 철퍼덕 뭉개지는 중 으
아아
　어린 토마토 우는 중 쨍그렁 덩덩
　어떤 토마토 산산조각 나는 중 시뻘건 속
　흘러내리는 중 던져봐 던져봐
　덜 익은 토마토 악쓰는 중

　땡, 엘리베이터를 타고 아래층 토마토 올라오는 중 딩동
초인종 누르는 중 누구세요? 아 네, 아래층입니다 옆집 토
마토 열리는 중 무슨 일이죠? 시침 뚝 떼는 중 아저씨 제발
우리 아빠 좀 말려주세요 어린 토마토 겁에 질린 중 아, 선
생님 많이 취하셨네 그만하시죠 아래층 토마토 빌붙는 중
당신 뭐야 뭔데 남의 집에 와서 감 놔라 배 놔라 하는 거야
아, 요 아래층 토마톱니다 우리 집 토마토들이 잠을 못 자
서요 아래층 토마토 들이대는 중 거봐요, 무슨 망신이야
마누라 토마토 투덜대는 중 아래 위 토마토들 뭐라 뭐라
떠드는 중 미안합니다, 부탁합니다 아래층 토마토 뚜벅,

뚜벅뚜벅 계단으로 내려가는 중


　그러나 옆집 토마토들 아직도 전쟁 중 무한정적의 토마
토 던지는 중
　무한정적의 토마토 휙휙 날아다니는 중 뭉개지는 중
　뭉개진 토마토 다시 뭉개며 무한정적의 거대한 토마토
속에서
　부활하는 중

# 고장난 시계 사이로 내려가는 계단

나의 시계가 고장났습니까. 아님 당신의 시계가 고장났습니까. 나의 시계는 지금 세신데 왜 당신은 자꾸 열시라고 합니까. 당신은 말합니다. 늦었어, 그만 불 끄고 자지. 그러면 나는 대답하죠. 아이 당신두…… 한낮인데 자다니요? 그러면 또 당신은 심드렁하게 말하겠지요. 장난치지 말고 잠이나 자요. 무슨 소리예요? 당신이야말로 장난치지 말아요. 아이가 학교에서 돌아올 시간이잖아요. 픽업해서 미술학원에 데려다줘야지요. 아니, 한밤중에 학교라니? 미술학원이라니? 그럼 정말 당신이 아직 세시에 있단 말이오? 나도 당신이 벌써 밤 열시에 있다는 건 믿을 수 없어요. 당신이 벌써 열시에 도착했다면 그사이 일곱시간은 어디서 무얼 했단 말이죠?

내가 일곱시간 동안 무얼 했냐구? 가만있자…… 세시에 사무실에서 연말결산을 끝내고 네시에는 p 상사 김 부장을 만나고 여섯시에 퇴근을 하고 잠수교를 건너고 혼자 저녁을…… 여, 여보 피곤해 죽겠다 제발 잠이나 자자. 무슨 소리예요? 난 네시에 여고 동창 모임이 있어요. 그리고 열시에는 다시 학원에 있는 아이를 데려와야 하잖아요? 무슨 소리야, 그럼 당신은 벌써 내일 세시에 도착했단 말이오? 그렇다면 당신은 무려 열일곱 시간을 어디서 무얼 했단 말이오? 하긴 뭘 해요? 맨날 다람쥐 쳇바퀴 돌기지. 아이들은 학교에 가고 당신은 회사에 가고 나는 청소를 했죠. 당신 집을 닦았죠. 당신 세탁기를 돌렸죠. 위이이잉 세탁기 속에 지구 돌아가는 소리를 들으며 하염없이 뜨개질을 했죠. 세탁기 속에서 처얼썩 철썩, 파도 소리가 들렸죠. 파도에 아랫도리가 다 젖는 줄도 모르고…… 소용돌이 속의 지구가 몸부림치는 소리를 들었죠. 그 곁에서 나는 한 뜸 한뜸 뜨개질을 했죠. 지구의 덮개를 짰죠.

나의 시계가 고장났습니까. 당신의 시계가 고장났습니까. 당신은 또 말했죠. 출근 시간 늦었다, 여보 내 넥타이 어디 있지? 양말은? 와이셔츠는? 나는 또 대답했죠. 여보오 우리 그만 좀 해요, 밤 열시라 했잖아요. 제가 산 이 분홍빛 잠옷 좀 보세요. 침실에 은은히 흐르는 바흐가 들리지 않으세요? 무드 있는 밤이군요. 당신 정신이 어떻게 된 거 아니야? 출근 시간에 잠이라니? 아니, 그럼 당신 또 내일 아침 아홉시에 가 있단 말이에요? 그럼 어젯밤은 어디서 잤단 말인가요? 지난 열두시간 당신은 또 어디서 무얼 하고 있었나요? 나? 현관문을 밀고 나갔지. 지하 차고에서 희뿌옇게 기다리는 차를 끌고 거리로 나갔지. 사장부장사장부장들이 끼어들고 앞지르고 밀어붙이는 길을 요리조리 빠져 회사로 갔지. 아, 여보 이럴 때가 아니야. 정말 늦겠네.

그런데 말입니다, 나의 시계가 고장났습니까 당신의 시계가 고장났습니까. 당신은 또 말합니다. 오늘은 종일 사이버스페이스에서 낯도 모르는 자들과 엄청난 액수의 사이버머니를 주고받는 날이란 말이오. 몇 놈을 잘 속이고 몇 놈을 때려잡느냐 목줄이 달린 날인데 젠장 아침부터 잠옷타령이라니. 아무튼 이 밤중에 당신이 가는 곳이 어디냐구요? 거참, 밤중이 아니라니까! 당신이야말로 매일 어디에 가 있는 거요? 뉴욕? 런던? 모르겠어요. 아무튼 여긴 밤이에요. 거리가 쥐 죽은 듯하고 이따금 앰뷸런스 소리가 귀청을 찢어요. 아아, 보세요. 저기 창문에 무언가 어른거리잖아요? 거참, 문단속 잘 하라니까! 여, 여보 무서워 죽겠어요. 저 좀 안아주세요. 거기가 어딘지 알아야 안아주든지 말든지 할 것 아니오? 글쎄요…… 여기가 어딜까요? 칠흑에 침대 하나가 둥둥 떠 있어요. 사방이 창이에요. 캄캄한 것들만 사방에서 들여다보고 있어요…… 제발……

이크, 깜차까 어디쯤에서 나를 부르는군. 내가 오늘 때려잡을 자인지 몰라. 이따 얘기하자구.

여, 여보 제발 부, 불 좀 켜주세요.

그녀 비틀거리며 일어나 침대 아래로 내려선다. 순간 구들장이 소리 없이 열리고 끝이 보이지 않는 계단이 아래로, 아래로 펼쳐진다. 놀라 발을 헛디딘 그녀 캄캄한 계단을 솜뭉치처럼 굴러내린다. 방바닥이 소리 없이 닫힌다.

# 지렁이들

가을비 잠깐 다녀가신 뒤
물기 질척한 보도블록에 지렁이 두분 뒹굴고 계십니다

한분이 천천히 몸을 틀어
S?
물으십니다 그러니까 다른 한분,
천천히 하반신을 구부려
L…… 하십니다
그렇게 천천히
U? 하시면
C…… 하시고
J? 하시면
O…… 하시고

쬐한 가을 햇살에
붉고 탱탱한 몸 시나브로 마르는 줄도 모르고
그분들, 하염없이 동문서답 중이십니다

그 사이, 볼일 급한 왕개미 두분 지나가시고

어디선가 젖은 낙엽 한분 날아와 척, 붙으십니다

아아, 그때, 우리
이목구비는 계셨습니까?
주둥이도 똥구멍도 계셨습니까?

그 진창에서 도대체 당신은 몇번이나 C 하시고
나는 또 몇번이나 S 하셨던 겁니까?

# 나의 앤티크 숍 마리엔느

　나의 앤티크 숍 마리엔느는 캘리포니아에 있어요

　나의 앤티크 숍 마리엔느는 노스할리우드 도서관 뒷문
앞 네거리 모퉁이에 있어요

　나의 앤티크 숍 마리엔느의 유리문 안 반대편 벽에는
3rd eye가 마주 보고 있어요

　나의 앤티크 숍 마리엔느는 이오니아풍의 무늬가 있는
청동의 티 테이블을 가지고 있고

　나의 앤티크 숍 마리엔느는 아직도 목에 프릴을 빳빳이
세운 19세기풍의 웨딩드레스를 가지고 있어요

　나의 앤티크 숍 마리엔느는 황금 장미로 장식된 찻잔 세
트와 황금 티스푼을 가지고 있고 시대를 알 수 없는 남자
의 정장 한벌과 우스꽝스런 어릿광대의 모자를 가지고 있
어요

　나의 앤티크 숍 마리엔느는 흙빛으로 삭은 알렉스 헤일
리의 소설 『뿌리』의 초판을 가지고 있고 어느 세기의 누군
가 사용했을 녹슨 무쇠 다리미 하나를 가지고 있어요

　나의 앤티크 숍 마리엔느는 한세기 전 아니 한 천년 후
의 것일 것도 같은 접시와 포크, 스푼, 온갖 자질구레한 세

간 나부랭이들을 가지고 있어요

아, 또 나의 앤티크 숍 마리엔느는 머리가 둘인 병아리의 박제도 가지고 있어요

무엇보다 나의 앤티크 숍 마리엔느는 한구석에 놓인 테이블 앞에 앉아 버지니아 울프를 읽고 있는 은발의 마리엔느를 가지고 있어요 그때 나는

—이것들이 다 어떻게 여기까지 온 걸까요?

물으려다 그만

—우리는 어쩌다 더듬더듬 앤티크가 되어가는 걸까요?

중얼거리고 말았지요 그때 그녀는

—삿뽀로에 가보는 게 꿈이었어요 당신은 일본 사람?

여전히 버지니아 울프에 눈을 박은 채 물었죠

—거긴 가보지 못했어요

그때 왜 우리는 금세 못 가본 삿뽀로 때문에 친밀해진 것 같아

서로 다른 것에 눈을 준 채 언제 본 적도 없는 삿뽀로의 눈 축제에 대해 더듬더듬 이야기했죠

문득 나의 앤티크 숍 마리엔느가 슬픈 목소리로 물었죠

─거기까지 가기에는 내가 너무 늙었나요?

　주름이 가득한 눈을 동그랗게 뜬 나의 앤티크 숍 마리엔
느에게 나는

　　─그럴 리가요?

　거짓말을 했죠 그때 나는 어쩜 우리가 어느 생에서 저
이오니아풍의 무늬가 새겨진 청동의 티 테이블에 마주 앉
아 차를 마시던 사이거나 아님 목에 프릴이 빳빳이 세워진
그 웨딩드레스를 입고 결혼한 사이? 아니 아니 어쩌면 삿
뽀로의 눈꽃처럼 화사하게 헤어진 사이일지도 모른다는
참 쓸잘 데 없는 생각들의 비좁은 골목을 어슬렁거리는 중
이었는데

　　─당신, 버지니아 울프를 좋아하나요?

　나의 앤티크 숍 마리엔느가 늙은 바람둥이처럼 물었죠
그리고 나는 마치 사랑에 들뜬 신부처럼 대답했죠

　　─난 랭보를 좋아해요


　이건 비밀이지만 사실 나의 앤티크 숍 마리엔느는 노스
할리우드 도서관 뒷문 사거리 모퉁이에 없을지도 몰라요
그뿐이겠어요? 노스할리우드도 캘리포니아도 없을지 몰

라요 그렇지만 나의 앤티크 숍 마리엔느의 벽에 3rd eye가 걸려 있는 건 사실이에요

  솔직히 말해 노스할리우드에는 나의 앤티크 숍 마리엔느가 없고 그 옆 타코가게도 없고 그 옆 스튜디오 피자집도 없고 손님 하나 없는 꽃가게도 없을지 몰라요
  무엇보다 18세기니 19세기니 그런 거짓의 샛노란 뿌리 같은 시간은 없을 거예요
  낮도 없고 밤도 없고 자지러지는 불빛도 없고 무섬무섬 밀어닥치는 어둠도 없을 거예요 어두워지면 일분에 한번씩 정확하게 윙크를 하는 대형 메릴린 먼로의 전자인형도 물론 없을 거지만 사실 거기서 나의 앤티크 숍 마리엔느와 나는 마주 보고 웃었지요 이층 기차를 타고 샌디에이고 오션사이드라는 바닷가 마을로 여행을 가기도 했지요 텅 빈 해변이 캄캄해질 때까지 파도타기를 하는 징그럽게 큰 갈매기들과, 파도 속에서 야앗호! 소리치는 몇몇의 젊은이들과, 흑인 남녀 한쌍이 모래 구덩이를 파고 들어가 낄낄낄 섹스하는 것도 보았지요
  ─제가 판 구덩이에서 저렇게 낄낄대다가 그 구덩이에

묻혀 죽는 것이 삶일까요?

나의 앤티크 숍 마리엔느가 시니컬하게 중얼거렸죠

쉿! 우리끼리 말이지만 사실 나의 앤티크 숍 마리엔느
같은 게 어디 있겠어요?

제 2 부

# 일요일은 오지 않는다

월요일은 수업을 했다 누가 누구에게 무엇을 가르치고 있느냐고 누군가 귓바퀴에 대고 자꾸 물었다 울창한 빌딩 숲이었다 빠아앙— 삐익— 찌익—

쇳붙이들이 새처럼 울었다 바람이 기계적으로 지나가고 있었다

현란하게 번쩍거리는 도깨비불 사이를 고조선의 밤이 지나가고 있었다


화요일은 산에 갔다 나뭇잎이 새빨갛게 미쳐 있었다 온 산이 실성실성 걸어갔다

실성한 것들이 개를 데리고 산 밑 호수 쪽으로 스며들고 있었다


수요일은 종일 소파와 놀았다 소파와 섹스했다 나는 언제나 클라이맥스에서 코를 고는 버릇이 있다


목요일은 닭볶음탕을 먹었다 병아리도 닭도 아닌 것이 목젖에 걸려 푸드덕거렸다

하루가 하도 길었다

금요일은 티브이 속으로 들어갔다 죽은 별들과 죽은 은
하를 흘러다녔다 정말이지 재미있는 것은 거짓말뿐이다
별들이 거짓말처럼 까르르까르르 웃었다

　토요일이 도착했다 발신자도 수신자도 없이 둥그렇고
빨간 편지 한장이 베란다 유리에 붙어 안을 들여다보고 있
었다 다 들켰다 재수 없었다

　일요일은 오지 않는다 그럴 것이다

# 기억

골목이 시작되는 곳에 아이 하나가 서 있습니다
개나리꽃에 휘감긴 담장 아래입니다
개 한마리가 오줌을 누고 있는 곁입니다

골목은 끊임없이 시작만 됩니다
아이는 끊임없이 서 있기만 합니다
개나리는 끊임없이 담장을 휘감기만 합니다
개 한마리는 끊임없이 오줌만 눕니다

벌써 반세기째입니다

왜 골목은 끊임없이 시작만 가졌습니까
왜 골목은 끊임없이 서 있는 아이만 가졌습니까
왜 골목은 끊임없이 담장을 휘감는 개나리만 가졌습
니까
왜 골목은 끊임없이 전봇대에 오줌을 갈기는 개 한마리
만 가졌습니까
아무도 묻지 않습니다

백발이 성성한 노파의 형상이 어른거리는
도무지 연대를 알 수 없는 그 유적에 대하여

# 만약 네가 나에게 칼 한자루를 준다면

만약 네가 나에게 칼 한자루를 준다면
나는 이곳에서 모래처럼 잠잠
머물 수도 있으리

바닷가 끝없이 널린 돌멩이마다
O, L, T, B, E, R 이 경 폐 병 추……
아무 뜻도 없는 글자를 새겨넣으며

채 말이 되지 못한 외것들과
지나가는 기러기들이
까알 깔깔
드높이 허공을 후리는 소리같이

V나 W 혹은 X를 새길 수도 있으리

그러고는 다시
O, A O A, OA……

입술이 온통 거품으로 범벅이 된 해변처럼

웃을 수도 있으리

제 몸이 돌인 줄 모르는 돌처럼
그것들 어르다 달아나는 파도처럼
조약돌 사이 불현듯 생겨난 갈매기처럼
파도 빛 날개를 펴고 기웃기웃
모르는 수평선을 다 넘어갈 수도 있으리

만일 네가 나에게 칼 한자루를 준다면
나는 또 이루 셀 수 없는 순식간을 다 새길 수도 있으리

파도에 지워진 글자들 위에 다시
A, S, D, V, X, H, M, ……

처음인 듯 새겨넣으며 구름에 짓뭉개진 글자들을 다시
불러낼 수도 있으리
그때, 방금 태어난 파도가 와서
와아 — 와아 —
철없이 울다 가도 좋으리

그밖에도 할 일은 아주 많아

한 돌멩이 이전이 한 돌멩이가 되는 동안
한 파도의 이전이 한 파도가 되는 동안

# 풍선들

세살 봄이가 묻는다

마마는 누구랑 결혼했어?
음 빠빠랑

엄마는 누구랑 결혼했어?
아빠랑

고모는 누구랑 결혼했어?
고모부랑

으응— 봄이도 결혼하고 싶다

누구랑?

친구들이랑

그래? 그럼 할까?

좋아, 난 빨간 풍선 들고 할 거야 아빠는 노란 풍선 들고
엄마는 초록 풍선 들고
빠빠는 하얀 풍선 들고 마마는 까만 풍선 들고 다 같이
했으면 좋겠다
그치?


티브이 토크 쇼에는 기생오라비 같은 애송이 가수가 나와
별스러울 것도 없는 지난날을 질질 짜는데
행운목은 데퉁맞게 불쑥 꽃을 내미는데
위층에서 뭔가 찌익찌익 끌려가는데, 야호!
오늘 우린 풍선 들고 결혼할 거다
아니 아니, 아예 풍선이 될 거다
누구랑 누구랑 그렇게 편파적으로 말고
빨주노초파남보


다 같이 할 거다 보남파초노주빨
혼교할 거다


오장육부 따위 아예 없이


58

속에 바람만 팽팽한 풍선으로
풍선이 풍선을 낳고 풍선이 풍선을 낳으며
무한천공 흐를 거다
옴마니밧메훔!
옴따레뚜따레뚜레소하 뚜랄랄라
노래 부르며,
피식피식 바람 빠지는 소리로 승천할 거다
그 어디 눈부신 가지에 슬쩍 착지할 거다
한 살림 차릴 거다


빨주노초파남보 그런 색 말고
보남파초노주빨 그런 색 말고


저기 에버랜드 문 앞에서
색색색 색색색……
풍선에 종일 바람 넣고 계시는
오오 하느님!

# 걸어가는 사람

　그는 방금 태어났다 태어나자마자 그는 걷기 시작한다 그가 걷기 시작하자 집들도 걷기 시작한다 나무도 산도 구름도 전봇대도 걷기 시작한다 둥그스름한 둔덕이다 그는 둔덕을 걸어내려간다 굴 껍데기 같은 집들이 붙어 있는 흐리고 낯선 동네를 지나간다 집들이 일제히 사선으로 기울어진 채 헐떡이며 따라간다 '이곳은 너무 둥그스름해' 생각하며 그는 걸어간다 둥그스름한 바람이 분다 흰 사과꽃들이 둥글게 쏟아진다 둥그스름한 날짜들이 둔덕 아래로 하염없이 굴러내린다 그는 걸어간다 걸어가고 걸어간다 집들이 물구나무서서 걷는 동네를 지나간다 그는 자신이 물구나무서서 걷고 있다는 걸 모른다 둔덕이 발바닥에 척 붙어 떨어지지 않는다 발바닥에 둔덕을 붙인 채 그는 걸어간다 머리칼이 하늘 가득 출렁거린다 머리칼 사이로 아득히 흘러가는 구름이 보인다 '구름은 너무 깊어' 중얼거리며 그는 걸어간다 구름을 깔고 솟아오르는 비가 보인다 비는 길고 가는 죽창으로 둔덕을 쑤신다 둔덕의 피가 사방으로 튄다 피범벅이 된 그가 걸어간다 사방에서 해가 뜬다 해 뜨는 쪽으로 꾸역꾸역 사람들이 태어난다 '이곳은 해가 너무 많아' 중얼거리며 그는 걸어간다 '해가 너무 차'

중얼거리며 그는 걸어간다 멀지 않은 곳에 어스름이 펄럭
거린다 어느새 그는 자신이 어둠 쪽으로 걷고 있다는 걸
안다 희디흰 뼈만 남은 창들이 어둠에 떠 있다 저 눈부신
창들! 소리치며 그는 걸어간다 어디선가 갓난아이 우는 소
리가 들린다 그 어디서 하얗게 사과꽃 향기가 불어닥친다

# 개미


첫새벽, 화장실 다녀오는 길에 보았다
어떤 묵언처럼
곰곰 지나가는 당신을

문득 달려든 형광 빛도
천길 위에서 내려다보는 한 시선도
상관없다는 듯 그저
가지런한 속도로 지나가고 계셨다

형용을 알 수 없는 쬐그만 얼굴로
털실 보푸라기 같은 다리로
끊어질 듯 가는 허리로
집채만 한 허공을 지시고

거대한 식탁의 다리를 지나
의자 다리를 돌아
내용 없는 상자의 긴 모퉁이를 돌아
바싹 마른 걸레 위 울퉁불퉁한 길을 힘겹게 지나
얽힌 전선들 사이로 난 끈적한 길을

다만 지나가고 계셨다

발소리 하나 없었다
한번 뒤돌아본 일도 없었다
어디에서 나와 어디로 가는 길이셨는지
눈 깜박할 사이 거대한 은빛 냉장고 밑으로 사라지셨다

잠결이었다
오줌 누러 갔다 오는 몇발짝 사이
어떤 미친 시간이 오토바이를 타고 굉음으로
달려가는 사이
글쎄 백년이 지났다고!

# 불립(不立) 혹은 불면(不眠)


 잠이 오지 않습니까? 잠이 너무 쬐그맣습니까? 침대만
점점 거대합니까? 침대에 맞추려고 몸이 막 달아납니까?
날아갑니까? 당신의 끝이 보이지 않습니까? 초침 소리만
천둥 칩니까? 당신이 너무 커서 잠이 보이지 않는 밤이 계
속됩니까? (잠을 푹 뒤집어써야 잠이 온다 했는데)

 그러려면 우선 달아나는 침대를 붙잡아 창틀에 매야 합
니다 날아가는 당신을 잡아 침대에 묶어야 합니다 초침 소
리에 맞춰 부풀어오르는 몸에 구멍을 뚫어야 합니다 바
람 빠지는 소리에 휩쓸려 무한천공 날아가더라도 죽기 살
기 혼 줄을 놓아야 합니다 쉽지는 않겠죠 그때 침대는 벌
써 아르헨띠나나 우루과이 어디쯤을 지나는 중일지도 모
르니까요 거기까지 당신의 방 안이 계속될는지 알 수 없다
구요? 지금 안이라 하셨습니까? 무엇이 안이고 무엇이 밖
입니까? 털실 보푸라기만 한 그 잠이 과연 안에 있을까요?
밖에 있을까요?

 쯧쯧, 잠을 미처 찾지도 못했는데 꿈이 먼저 왔습니까?
난데없이 전쟁이 터지고 산이 무너집니까? 옆집 남자가

64

복면을 하고 쑥 들어옵니까? 처음 보는 사람인데 자꾸 식
구라고 우깁니까? 그런 사람들이 헛간 거미줄에 디룽디룽
매달려 있습니까? 왜 거기들 있냐고 물어도 기척 없습니
까? 자세히 보니 죽은 거미들입니까? 우주의 창틀이 부슬
부슬 삭아내립니까? 슬그머니 사라집니까? 칠흑이 눈부
십니까? 침대가 문득 멈췄습니까? 바람 빠지는 소리가 천
둥 칩니까?

성공입니다 드디어 당신 잠으로 들었군요
이녘이 밝았다 해도 믿지 마세요
잠이 밝았다 해도 믿지 마세요
잠 속입니다

아, 예에,
아침은 잡수셔도 됩니다

# 닭죽을 먹는 동안

**닭죽을 끓이려고 죽은 닭 한마리를 샀어요,** 한 젊은 개그맨이 오토바이를 타고 티브이 속을 전속력으로 질주하다 마주 오는 트럭에 부딪혀 그만, **여보 닭죽에 황기를 넣을까요 말까요?** 저 아나운서의 표정은 웃는 듯 우는 듯 묘하죠? **닭죽이 벌써 끓기 시작하네요** 글쎄 조금만 참으라니까요 그런데 말이죠 LED 티브이는 너무 선명해 왠지 꺼림직하지 않아요? 어이구 또 저 잔소리, **찹쌀을 넣어야 닭죽이 되죠,** 여보여보 저 여자 좀 봐요 땀구멍이 다 보이잖아 선명한 게 꼭 좋은 건 아니라니까 아, 내 정신 좀 봐, 왜 그렇게 정신없이 채널을 돌려요? 싫어도 어쩔 수 없죠 벌써 곤죽이 되어버렸으니, 젠장 재벌 집 새끼들은 다 저 지랄들이래요? 글쎄 구시렁거리지 말고 한끼 그냥 좀 먹어요 근데 저 여자는 왜 맨날 심술이고 저 남자는 왕방울만 한 눈깔을 희번덕거리며 고함만 지르고 지랄이래, 새로 담근 김치로 달라구요? 대충 좀 먹지, **저, 저 자식 또 사고 치러 나간다,** 김치가 잘 익었다구요? 그럼 김치 맛으로 (처)먹어요, 저놈의 집구석은 한 인간도 제정신인 게 없어 채널을 돌리라구요? 돌려봤자 그게 그거죠 뭐 있어요? 그나저나 끝나가네, 닭죽요? 좀 남았죠 더 달라구요? 당신이 뜯어 먹은 뼈다귀가 이렇게 산더민데 또?

  꽃기린 한송이가 툭 떨어진다
  닭죽을 먹는 동안


  ㅎㅎㅎㅎㅎ……


  누군가 북쪽 창을 흔들며 한참을 울다 간다
  닭죽을 먹는 동안

# 유쾌한 발상

세시에 유쾌한 발상에서 만나자

백운역에서 서른두번째 정류장에서 내려라

계단을 올라 스테인리스 기둥에 바코드를 찍고 가로쇠

몽둥이를 열어라

왼쪽으로 꺾어 지하상가를 지나라

고 당신은 말했습니까?

오른쪽으로 가면 엄청나게 큰 지하서점이 있다

그리로 가면 하염없는 사거리로 가는 출구가 나오므로

반드시 왼쪽으로 가야 한다

고 했습니까?

왼쪽으로 꺾으면 온갖 상점들이 줄지어 있는 지하상가

가 있다

그 끝에 12번 출구가 있다

고 했습니까?


그런데 말입니다, 만약 왼쪽이 없다면 어떻게 하지요?

왼쪽이 〈공사 중〉이라면? 왼쪽의 입구에 붉은 페인트로

〈11, 12번 출구는 폐쇄되었습니다〉

라고 쓰인 문구를 등짝에 짊어진 철벽이 서 있다면?

사실 오늘, 왼쪽은 없습니다 왼쪽은 철벽 속으로 사라졌
습니다
  왼쪽의 속에 있던 12번 출구도 물론 사라졌지요

  당신은 벌써 도착했다구요?
  한적한 젊음의 거리를 지나 뒤죽박죽 만두집에서 왼쪽
으로 돌아
  유쾌한 발상으로 오르는 엘리베이터를 타고 도착했다
구요?
  나 말입니까?
  지금, 사라진 왼쪽의 자리에 서 있는 철벽 앞에 선 채
  폐쇄의 속이 된 지하상가를 지나가고 있지요
  옷가게에서 검은 치마를 만지작거리는 여인을 지나
  우두커니 행인들을 바라보는 모자가게를 지나
  장미 이파리를 손질하는 꽃가게 주인을 지나
  그 사이, 숨은 12번 출구 쪽으로 급선회하는 중이지요
  과연 12번 출구는 폐쇄되었군요
  출구 대신 '폐쇄'가 형상으로 서 있군요

〈12번 출구로 가실 분은 9번 출구로 나가세요〉
라는 안내문이 철벽 귀퉁이에 붙어 있군요
이것이 형상들의 친절입니까?

그런데 9번으로는 어떻게 가지요?
곧바로 걸어가야 하나요?
저기 화장실 입구에 누운 노숙처럼 누운 채 가야 하나요
오줌 마려운 사람처럼 동동거리며 가야 하나요
쥐 죽은 듯 가야 하나요
휘파람을 불며 가야 하나요
펄쩍, 뛰어서 가야 하나요
새처럼 날아서 가야 하나요

과연 9번은 왼쪽에 있나요? 오른쪽에 있나요?
분명 왼쪽이라 배웠는데 몸 한번 돌리니 오른쪽이었습
니다
아, 벌써 왼쪽은 네시를 지나고 있다구요?
미안합니다, 지하에는 시계가 없군요

그런데 말입니다,
네시는 왼쪽입니까 오른쪽입니까?

# Na, na

그때 Na는 무우수나무 아래 모로 누워 na의 마지막을
거두고 있었다
na의 필생(筆生) 위로 헤아릴 수도 없는 na들이 꽃잎으
로 떨어져 내렸다
겨울인지 여름인지 늦가을인지 알 수 없었다
그때 na는 늦가을이었다 겨울이었다 여름이었다 이른
봄이었다

그때 na는 na와 깔깔거리며 남대문 근처를 지나가는 단
발머리 여중생이었다
하굣길이었다 남쪽의 역사 쪽에서 성난 na들이 스크럼
을 짜고
독, 재, 타, 도, 독, 재, 타, 도, 외치며 어딘지 중앙으로 몰
려가고 있었다
그때 na는 구경꾼이었다 멀지 않은 곳에서 들리는 몇발
의 총성이었다
갈가마귀떼로 몰려오는 진압군이었다 뿌옇고 매캐한
최루 연기였다
그때 na는 성난 NA가 무서워 방향도 모르고 질주하는

한마리 토끼였다

　정신없이 들어선 돔형의 붉은 역사였다 문 닫힌 역사 안
에서 사시나무 떠는

　촌로, 소매치기, 시정잡배, 걸인, 불량배, 낙향 열차를 기
다리는 순박한 아낙

　이었다 그때 na는 그 모든 것의 화석 영원이었다 쥐라기
의 어느 바위

　속이었다 찰나로 스쳐간 만년이었다 역사의 천장에서
누군가 말했다

　'사태가 많이 안정되었으니 집으로 돌아가도 좋습니다'


　그때 na는 공포에 질린 붉은 역사의 문을 가까스로 열고
나온 텅 빈 광장이었다

　버스 한대 다니지 않는 거리였다 최루 연기가 폭죽처럼
터지는 길이었다

　타박, 걸어 수세기의 언덕을 넘어가는 눈물 범벅이었다

　그제야 문득 동행이었던 na가 사라진 것이 생각난 허기
였다 불 꺼진 제단의 촛대처럼 검게 서 있는 가로수였다

　'어느 쪽에서 오는 길이니?'

na는 대답 대신 고개를 뒤로 돌렸다

'괜찮니?'

na는 na의 어깨를 토닥이며 물었다 얼핏 본 na의 눈빛은 누렁 고양이처럼 파랬다

그때 na는 노랑머리에 파란 눈 인형처럼 흰 피부를 가진 족히 오십은 되어 보이는 이국이었다

그때의 na를 스치고 지나간 바람 그것이 남기고 간 중얼거림이었다


어디선가 꽃비가 내리리라 그 아래, 필생처럼 몸 벗고 있는 na가 있으리라

그때 na는 na가 옷 벗기를 완성할 때 어느 너럭바위 뒤에서 막 태어난 늑대 새끼였다

그 곁에 철모르고 피어오를 붉은 꽃잎이었다

방향도 모르고 집적거릴 하늬바람이었다 어디선가 들릴 산짐승의 울음이었다

온갖 울음들을 아우르며 은은히 잦아들 범종 소리였다

허공을 핏빛으로 물들이며 사라질 노을이었다 오랜 밤의 축축한 습기였다

첫새벽 나무들의 우듬지를 잡아당기며 홀로 멀고 쓸쓸
할 달빛이었다
먼먼 달의 얼굴을 할퀴며 어른거릴 달무리였다
달무리에 가려 잠깐 보이지 않을 둥글고도 노란 길이
었다

그때 na는 어디로 가나
그때 na는 누구이며 Na는 누구인가
한 숨으로 나타나고 또 한 숨으로 사라져갈 na와 Na의
흰 뼈와 분홍 살들은 모두 어디로 가나

그때 na는 분명 무슨 할 일이었다
무슨 할 말이었다
어젯밤 꿈에 본 핑키 인형처럼

요술 공주 핑키 예쁜 핑키 여우 같은 핑키 염통도 없는
핑키
간도 쓸개도 밥통도 없는 두부 같은 핑키
핑키,

펑키 아니면 그 무엇도 아닐 펑키

그때 na는 그 무엇도 아니었을까 나무와 나무 사이를 떠
도는 어떤 기미도
온갖 na들의 혀 위에서 춤추는 말들의 뼈에로도 아니었
을까
아니었을까? 민들레씨만큼의 무게도 없이
천지사방이었을까 전후좌우였을까

한 언덕을 다 잡아먹고도 사라지지 않는 Na여
한번도 본 적 없는 Na여
na의 행렬이 왜 이리 긴가
na의 뼈에는 숭숭 구멍이 나는데 Na는 아직 처녀
한창 연애 중이라는데

이봐, 누가, 무슨 짓을 하고 있는 거야?
na의 뼈다귀를 뜯어 먹으며 무슨 짓거리를 벌이는 자가
도대체?

저기, 환장하게 이쁜 na가 껌을 짝짝 씹으며 길모퉁이
슈퍼마켓 문을 들어서고 있는데
na의 뒤에는 등이 활처럼 휜 na가 폐지가 가득 실린 수
레에 떠밀려가는데
은행나무 아래 수도 없는 na들이 악취를 풍기며 썩어가
고 있는데

맞은편 육교 난간에 매달려 미친 듯 떨고 있는 숯불구이
광고 현수막처럼
두렵고 슬픈 na가 천길 벼랑에서 실오라기에 매달려 떨
고 있다
거대한 침대에서 혼곤히 쾌락의 악몽 속으로 들어가고
있을 Na여

어디선가 몰래 꽃비가 내리고 있다
늑대 한마리가 태어나고 있다

나날은 강물이 되비추는 파장처럼 둥글
게 번지고 봇도랑에는 막 도착한 도롱뇽
알들이 다닥다닥 붙어 있다

친절하고 미성숙한 이웃집 아저씨 같은 죽음을 본 적
있다
라고 쓰고 나니 저녁이 왔다

무심결이 들고 다니다가 어디서 흘려버렸는지도 모르는
싸구려 볼펜 같은 죽음을 본 적 있다
라고 쓰고 나니 밤이 왔다

'느닷없이 들이닥친 교통사고 같은 죽음'
이라고 적고 나니 한 아침이 지나가고 있었다

죽음은 매일 밀크캐러멜 같은 밤을 데리고 와서는
수도 없는 자신을 끌어안고 잠든 자신의 얼굴 위를 떠돌
았다
한사코 자신이 되는 꿈을 꾸는 자신을 파리똥만 한 보퉁
이에 싸 들고
천장의 사방연속무늬 사이를 흘러다녔다

안방에서 잠들었는데 깨어보니 다른 나라

술취한 남자들은 왜 한사코 전봇대를 붙들고 맴도는가?
고추 먹고 맴맴 달래 먹고 맴맴 시든 푸성귀처럼
늙은 여자들이 골목을 끌고 갔다

여권이 없었다 '죽음은 불법체류자'
라고 쓰고 나니 뚱뚱한 배 위에 푸르스름한 새벽을 앉
히고
수사관 같은 내일이 왔다

개 짖는 소리가 모르는 지붕을 건너갔다
소멸은 가로수처럼 일정한 거리를 두고 소멸되었다
마치 타인의 생각처럼 죽음은 어떻게 그 많은 옥수수밭
을 다 지나갔을까

비가 내린다
나날은 강물이 되비추는 파장처럼 둥글게 번지고
봇도랑에는 막 도착한 도롱뇽 알들이 다닥다닥 붙어 있다
구름 하나가 커다랗고 검은 저기압의 아우트라인을 돌

고 있다

　어디선가 성폭행당하고 온 바람이 느릅나무 가지에 끈
적끈적 붙어 운다


　나는 물끄러미, 손등에 붙어 떨어지지 않는
　나무였던 시간을 본다 길은 수천갈래였구나
　손등이 하염없이 확장되고 있다

# 시인 k의 하루

R — 떠났니? 서둘러!

E — 인공산책로지만 좋아요 돌아오는 길에 롯데리아에 들러 햄버거랑 아이스크림이랑 먹었죠 개하고요

H — 알겠습니다 다시 축하!

O — 집으로 갈 거임

N — 현상님들 모시고 갑시다

K — ㅋㅋ 그런 개 짖는 소리를?

O — 오! 30원의 위대함이여

H — 지금 견학 중입니다 들어가서 저나 드리겠습니다

C — 오욕과 칠정

R — 차 가지고 오나요?

H — 네 가능합니다 대행비는 추가로 듭니다

O — 껍질까지 먹는 부드럽고 달콤한 친환경 미니 치욕 예약판매

알 수 없음 — 루저영혼바자회가구름동3길뒤죽박죽찌개마을에서무한새벽까지계속됩니다

B — 이제 세월호 가지고 발광 못하겠지? 천벌을 받을 것들!

MM — 고객님 우체국입니다 두개의 아보카도님이 보

내신 택배가 25시에 배달됩니다 집에 계시죠?

알 수 없음 ── 오늘 수업, 빗자루와 몽둥이

R ── 친구가 보낸 쿠키런 어드벤처 이용권이 막 도착했어요

C ── 아, 네 무조건 알겠습니다

Y ── 잘 계시는지요? 오늘도 지랄 같은 하루 되시기를

M ── 그 무는 잘 전달했습니다

U ── 안경 벗어서 그래, 너도 안경 벗어봐

L ── 2천만이 선택한 국민 게임, X 놓고 X 먹고 X 되기

Y ── 좆같은 햇살이 따뜻합니다

C ── 저희 아들 현상의 이혼식에 참석해주셔서 감사합니다

@ ── 혼자일 때 심장마비가 왔다면 어떻게 해야 할까요?

D ── 갔어요? 세상에! 언제요?

$ ── 경희궁 옆 막다른 골목의 그 까페 이름이 뭐였더라?

W ── 응답 없음

& ── 3초코를 선물했습니다 7일 이내에 상대방이 초코

를 받지 않으면

**당신은 소멸됩니다**

혈압약을 먹고 아침을 먹을까
아침을 먹고 혈압약을 먹을까


뿌연 혈압약 같은 해가 또 도착했어
그래, 여긴 아직도 장마야
비를 과식한 쇠붙이들이 녹을 줄줄 게워내고 있어
하수구에는 녹물보다 먼저 도착한
껌 종이, 우유 갑, 빈 요구르트 병, 굵고 가는 빨대들,
바람 빠진 콘돔 나부랭이 같은 것들이 물길을 막고 있어
길 잃은 물들이 건달처럼 빙빙 돌다가 어디 움푹한 곳에
모여서는
저희끼리 부글부글 끓다가 무슨 굉장한 모의라도 한 것
처럼 콰, 콰, 콸
기찬 웃음을 내뱉으며 더 낮은 곳을 찾아 곤두박질치는데


아침을 먹고 혈압약을 먹을까
혈압약을 먹고 아침을 먹을까


누가 비를 노래하고 있어
이 장마에, 누가 미친 듯 비를 부르고 있어
(봄비, 나를 울려주는 봄비 언제까지 내리려나아)

녹내가 진동하는데
나뭇잎이, 담벼락이, 녹내를 뒤집어쓰고
부슬부슬 삭아내리는데 아아
(봄비에 젖어서 길을 걸으면……)

누가, 녹내를 맛있게 끓이고 있어 끓는 녹내
속으로 뭔가 전속력으로 달려가고 있어
세상이 미치는 건 녹내 때문일지 몰라

밑도 끝도 없이 녹내를 만드는 이 긴 장마 때문일지 몰라
밤마다 캄캄하게 흘러내리는 시간들의 머리칼 때문일
지 몰라
그것들이 휘감고 흐르는 저 헤아릴 수 없는 나무, 길, 집,
전봇대

그래, 비는 이데아야
흙더미에 반쯤 묻힌 채 녹슬어 삭아가는 숟가락이야
흘러내리는 녹물을 웃음인 줄 알고 히히 웃다가
그만 주르르 흘러내리고 말 진흙 인형이야

귓구멍에 햄버거를 쑤셔넣으며 우적우적 걸어가는 아
이들이야

　우우우 우우우 ──
　진흙의 입으로 소리치면
　소리에서 녹내가 나
　더러운 악천후야 젠장,
　번개가 번쩍 천둥이 꽈광 해도 별거 아니야
　ET 같은 얼굴에 주름 몇줄 더 만들며 떠는 호들갑일 뿐
이야
　그래, 이제 여긴 더이상 플라토닉하지 않아

　봄? 나무마다 중구난방 쥐뿔 같은 것이 터져나오는
　알 수 없는 거리(距離)
　헤아릴 수 없이 캄캄한 하룻밤
　그리하여, 그 셀 수 없는 하룻밤과 하룻밤이 딥키스에
들 때
　나는 곰곰 생각하지

혈압약을 먹고 아침을 먹을까
아침을 먹고 혈압약을 먹을까

# 몽중(夢中)

또 해가 뜬다 그가 쓰레기통을 들고 현관문을 여는 소리
들린다
음식 쓰레기 냄새가 코를 찌른다
새벽꿈에는 소복을 한 여자들이 줄을 서서 결혼식 구경
을 왔었다
가만 보니 신부는 그녀 자신
제 나이를 잊은 그녀, 아직 이녁의 아이를 덜 키워서 결
혼 따위는 할 수 없다고 뻗댄다 그러나 주례의 얼굴은 너
무 무서워
　　─아직 아이 이름도 지어주지 못했어요
울며 주춤주춤 꽃길을 들어서는데 발자국마다 핏자국
이라
꽃물인지 핏물인지 흥건한 길을 즈려밟고 가는데
검은 하늘에는 빨간 달만 가득한데
그녀, 퍼들퍼들 떨며 가로세로 날뛰며 달아나려 안간힘
을 쓰는데
'꼼짝 마!'
시퍼런 칼을 들이대며 누군가 소리치는데 가만 보니 글쎄
죽은 아비라

그때 글쎄 드레스 속에 숨겨놓은 아이가 뛰쳐나와 울기
시작하는데
죽은 아비가 놀라
'넌 아직도 치마 밑에 할 지랄을 숨겨놓았구나 기막혀!'
우렁우렁 소리치는데
문득 허공에 없던 창이 생기고 미처 빠져나가지 못한
그녀의 엉덩이가 창틈에 끼여 버둥거리는데
어디선지
'넌 에미 애비도 없는 년이냐? 에미 애비도!'
소리가 천지에 가득했다


이다지도 빨간 아침,
그녀, 아직 채 깨어나지 않은 기다란 잠의 꼬리를 끌고
먼먼 부엌으로 가고 있는데

# 재회

날아가는 중인지도 모르고
새를 그리워하는 새처럼 그때
나는 급히 엄마가 되고 싶었던 걸까

정지할 수 없는
기차가 지나갔다

집들이 뒤돌아서 쏜살같이 달려갔다
아버지였는지도 모른다

진흙투성이 종잇장 위로
너와
연애가 태어났다
자꾸 찢어지며 펄럭거렸다

눈발이 빗금 치는 은하

'비스듬히'라는 말의 아름다움이 '참혹'이라는 걸 가르
쳐준 이는 없다

참혹한 아침
이라고 중얼거리는 이는 누구인가

신생아실 아기 바구니에서 오래
본 듯한 이를 만났다

제 3 부

# 눈꺼풀 속의 뽀르뚜갈

뽀르뚜갈에 가서 돌아오지 않는 엄마처럼
입도 없고 코도 없고 눈도 없이
웃으며 지나가고 싶어

웃는 것을 잊어버린 늙은 아이처럼
하염없이 웃고 있는 벌판에 도착하고 싶어
어느 생에는 '쓸쓸하다'라는 고어를 우리말 갈래 사전
에서 발견하기도 했어
엊그제 지은 시청의 개관 600주년 기념식이 무지공처
(無地空處)에서 열리고 있어

갓 태어난 은하가 오른손 검지로 하늘을 가리키고
왼손 검지로 땅을 가리키며 일곱발자국을 뗐다고
대서특필된 뉴스가 삼천년째 공중을 돌고 있어

태어난 지 육십년이 지났으므로 나는 이를 닦고 잠자리
에 들어야 해
너무 길지도 짧지도 않은 하루가 맞춤형으로 저물고 있어
까무룩 지워지는 것들에 누가 '저문다'라고 이름 붙였

을까


　뽀르뚜갈에 가서 오지 않는 엄마 대신 뽀르뚜갈에서 이
모가 왔어
　그게 다 자기 눈꺼풀 속의 일이라고 없는 엄마가 멀리서
킥킥거렸어
　대체 어느 별에 엄마의 눈꺼풀 속처럼 광대한 사막이 있
나?


　후—
　먼지처럼
　형이하학적으로 떨며 팽창하고 싶어
　뽀르뚜갈에 가서 돌아오지 않는 엄마처럼

# 전율하는 도시의 9층 유리 안에서

밤, 차들이 끊임없이 경고음을 울리며 지나간다
유리창이 부르르 떤다 불빛들이 요동친다 도시가 전율
한다

전율하는 도시의 9층 유리 안에서 어젯밤
나는 스물몇살 새댁으로 송림동 산동네 좁은 골목을 헤
맸다
단발머리 계집아이로 막다른 골목 닫힌 철문 앞에 서 있
었다
비린내로 곰삭은 바닷가 처마 낮은 집들 사이를 걸어갔다
녹슨 드럼통 위에 놓인 회친 제 살점을 집어 먹으며 나
직이 노래했다

전율하는 도시의 9층 유리 안에서 내일은
검은 면사포를 쓰고 낯도 모르는 신랑과 혼례를 올렸다
똥바다라 불리는 뻘밭 앞이었다
하루에 두어차례 더러운 파도가 헐떡헐떡 왔다
소금 바람에 전 면사포가 눈두덩에 철썩 붙어 앞날이 보
이지 않았다

막다른 길 막다른 골목 막다른 대문 막다른 식구 막다른 조석(朝夕)들 속에서 알맞게 늙은 여자들이 연탄재처럼 둘러앉아 뜨개질을 하고 있었다 한 바다를 건너가 오지 않는, 어깨 떡 벌어지고 이마 훤한 지아비가 꿈인 듯 와서 지친 어미 앞섶을 풀어 헤치고 벌컥벌컥 젖 먹기에 안성맞춤인 무지갯빛 스웨터를 짰다

아이 낳다 죽은 시누이와 끓는 국수 솥으로 들어가버린 시어미와 꼬리가 아홉인 백여우가 마주 앉아 시시덕거렸다

천지가 온통 게딱지인데 집이 없었다
고장난 버스는 종일 떠났다
놓친 차를 기다리는 사람들이 줄을 섰다

놓침!의 기다란 속눈썹을 들치니 시대를 알 수 없는 아침이 있었다
공중부양된 식탁 밑에 애완견 한마리가 나른히 잠들어 있었다
꽃자줏빛 돼지들이 양란(洋蘭)인 척 피어 있었다

# 돌들의 다다이즘 1


새로 산 회색 모자를 쓰고
새로 사귄 돌과 광화문 네거리를 걸었다

인격을 한껏 차려입은 돌들이 무표정하게 지나갔다
채 거짓이 돋지 않은 조약돌 한 무리가 한 돌의
선창에 맞춰

　──하낫, 둘!
　──셋, 넷!

　악을 쓰며, 터무니없이 부풀어오른 돌의 동상 쪽으로 가
고 있었다

　입 속에 한 도시를 건설하고 있는 돌들이 소란스럽게 지
나갔다
　──이 지하에 죽은 자들을 켜켜로 꽂아놓은 미로가 있어
한 돌이 말했다

흐린 하늘에

얇게 썬 토마토 한쪽 같은 돌 하나가 위태롭게 걸려 있
었다

새로 산 회색 돌을 쓰고
새로 사귄 모자와 광화문 네거리를 걸었다

# 직전

이 무더위 속으로 누가 자꾸 나를 토해내고 있어
만년 후의 인사동 거리를
실엿 파는 좌판을
꾀죄죄한 골동품들을

우글거리는 토사물 속을 걸어가고 있었어
다홍치마에 노랑 저고리를 입은 여자가
국적 불명의 얼굴을 들이밀며
오천원!
하고, 웃을 때까지

그 얼굴에 내 얼굴이 철썩 붙어 떨어지지 않을 때까지
내 얼굴이 도무지 기억나지 않을 때까지

맞은편에서 승복을 입은 가면이 다가오는데
왜, 뜬금없이 '나'라는 생각이 들 때까지

직전들이 자꾸 옷깃을 스치며 지나갔어
은하가 자자한 네거리

사실 네거리 같은 건 없었어
그저 가면에 눈물이 핑 돌 때까지

# 만찬

　백만번 죽었다가 백만번 태어난 고양이 이야기를 읽고
나니
　저녁이 왔다

　백만번 죽었다가 백만번 태어난 행운목이 시푸르게 서
있는 거실에
　저녁이 지나가고 있다

　엄마는 헝클어진 머리로 백만번째 침상으로 들어가고
　저녁이 깊다

　백만번 죽었다가 백만번 태어난 어둠이 미친 듯 이글거
린다

　백만번 죽었다가 백만번 태어난 아침을 빼물고
　애완견 슬기가 헐떡거린다

　어디선가 민들레 같은 것이 깨진 보도블록 틈새를 비집
고 노랗게 죽고 있으리라

백만번 죽고 백만번 사는 일은 쉬운 일이 아니라고
때까치들이 깍깍거린다

백만번 죽는 일은 백만번 태어나는 일이라고
자동차들이 경적을 울리며 지나간다

백만번 태어나는 일은 백만번 죽는 일이라고
한 청년이 담배를 꼬나물고 간다

어쩌다, 무엇 때문에, 백만번이나 죽었는지
백만번이나 태어났는지
백만번 생각해도 모를 일

나는 다만 저녁의 마트에서
백만번 죽은 브로콜리와 백만번 태어난 콩나물과
백만번 죽은 시금치와 백만번 태어난 돼지고기와 고등
어를
사 들고 와 백만번째 식탁을 차릴 뿐

# 마치 살아 있는 것처럼

머리통이 하얗도록 잤다
식구들이 몽땅 사라지도록 잤다
시뻘건 해가 앞 동 옥상 난간에 위태롭게 걸터앉아 있
었다
이윽고 아침이었다

컴컴하고 구불구불한 어떤 회랑을 따라가니 그랬다
어지러운 생각들이 잡고 가는 컴컴하고 기다란 길이었다
날짜들이 계산 없이 흩어졌다
유리 밖에서 직박구리들이 찌익찌익 웃었다

모르는 노파가 녹슨 무쇠솥을 닦고 있었다
불 꺼진 아궁이에서 뱀 같은 바람이 기어나와 자꾸 치마
밑으로 들어갔다
그녀는 속곳을 들추고 자꾸 뭔가 꺼냈다
끝이 없었다 이윽고 셀 수도 없는 속곳들을 다 들추고
그녀가 불씨 하나를 꺼냈다
해가 지고 있었다

머리통이 침대 밑으로 굴러떨어질 때까지 잤다
생전 처음 보는 식구들이 삭아 없어질 때까지 잤다
일용할 물 한잔을 마셨다 마치 살아 있는 것처럼
무대 한쪽에 놓인 싱크대에서 쌀을 씻었다

가스레인지의 불판은 왜 모두 가운데를 도려낸 X일까?
불길은 왜 X의 가운데서 솟아올라 새파랗게 우거질까?

검은 냄비 속에
별들이 수은색으로 끓고 있었다

# 나는 그녀를 마마라 부르고

그녀는 나를 마마라 부르지 않아요 그러면 어느날 풍란이 꽃대를 불쑥 내밀어요 그녀가 나를 마마라 부르는 일과 풍란이 꽃대를 내미는 일이 무슨 관계인지 아무리 생각해도 모르겠지만 어쨌든 나는 그녀를 마마라 부르고 그녀는 나를 마마라 부르지 않아요 그러나 오늘은 풍란이 꽃대를 불쑥 내밀지 않아요 대신 사촌이 죽었다는 전갈이 와요 내가 그녀를 마마라 부르는 일과 사촌이 죽는 일은 또 무슨 관계일까 끙끙거릴 사이도 없이 나는 그녀를 마마! 마마! 부르고 그녀는 나를 절대 마마라 부르지 않는데 손전화는 까톡까톡 방정을 떨고 베란다에는 네덜란드무궁화가 툭 떨어져요 그래도 나는 그녀를 마마라 부르고 그녀는 나를 마마라 부르지 않아요 그러면 또 저 멀리 화산국에서 화산이 폭발하고 쓰나미가 몰려와 산 것들이 떼죽음을 당해요 나는 여전히 그녀를 마마라 부르고 그녀는 나를 마마라 부르지 않는데 글쎄 옆집 아저씨가 삼일째 소식이 없대요 내가 그녀를 마마라 부르는 일과 그녀가 나를 절대 마마라 부르지 않는 일과 옆집 아저씨가 소식이 없는 일은 필시 무슨 관계가 있는 것일까? 그래서 겨울이 눈더미 속으로 곤두박질치는가? 산 것들이 고드름으로 디룽디룽 흔들리는가? 아무리 그래도 그녀는 나를 마마라 부르지 않고 나는 그녀를 마마라 불러요 그래서 때까치들이 까악깍 울어요 저 아래 누군가 개처럼 컹컹 짖어요 아아 내가 그녀를 마마라 부르지 않는 일과 그녀가 나를 마마라 부르는 일이 울고 싶도록 궁금한 저녁 베란다 유리 너머 천리만리 달아나는 구렁이 같은 능선이 불그레 보이는데요

에라! 나는 저 먼 데서 옥빛 날개를 퍼덕이며 날아오는 분홍 부리의 커다란 새나 기다릴까봐요

# 유리, 뒤

아버지, 여긴 아직도 풍요로운 복권의 나라예요
복권가게는 여전히 길모퉁이 담배가게 옆에 있지만
아무도 거기까지 가진 않아요
얼굴 없는 택배기사가 순간순간 배달해주니까요

축하합니다 아침을 먹을 수 있는 복권에 당첨되셨습니다
축하합니다 설거지할 복권에 당첨되셨습니다
축하합니다 저놈의 바퀴벌레를 쳐죽일 복권에 당첨되셨습니다
축하합니다 배탈이 나 데굴데굴 구를 복권에 당첨되셨습니다
축하합니다 콩나물 사러 가다 넘어져 면상이 피투성이가 될 복권에 당첨되셨습니다

축, 축하합니다

폭우 속을 과속으로 달리던 당신이 가드레일을 들이받고 핑그르르 돌아
직진하던 당신을 향해 전속력으로 돌진해 올 복권에

당, 당첨되셨습니다
피투성이가 된 당신의 손을 잡고 가슴이 찢어질 복권,
  나무토막이 된 당신의 팔다리를 들여다보며 짐승처럼
울부짖을 복권에 당첨!
대박입니다


살다보면 과연, 이런 날도 있지요
햇빛은 무장무장 쏟아지죠
눈이 시리게 노란 복권들은 은행잎처럼 쏟아지죠
장난꾸러기 바람은 휙휙 휘파람을 불죠
지나가던 애송이들은 불쑥 잭나이프를 들이대죠


그리고…… 허리가 활처럼 휜 어떤 신(神)은
  낡은 리어카에 고철을 산더미로 싣고 넘어질 듯 넘어
질 듯
언덕을 내려가죠


아버지, 어쩌다 이리도 날이 맑아
저 복권가게 더러운 유리 뒤에 숨어

주먹만 한 구멍으로 불쑥,
검버섯투성이의 손등만 내미는
복권장수 늙은이가 다 보이는 걸까요

# 에스토니아인 대천사의 장난

텅 빈 골방에서 팀은 노래하네

슈가맨 어서 와줘
이 풍경은 너무 지겨워
내 꿈을 돌려줘
엄마는 크리스마스 2주 전에 일자리를 잃었지

　나는 썩은 하수구 같은 천사의 도시 콘크리트 강변에서
노래할 일밖에 없네

　슈가맨 대답해줘
　에스토니아인 대천사는 왜 매일 이 실개천보다 못한 로
스앤젤레스 리버의 딱딱한 콘크리트 강변에 나를 세워놓
는지
　단지 2마일 밖에는 꿈의 할리우드가 있고 유니버설 스
튜디오가 있는데
　왜 우리의 생은 엑스트라 배우만도 못한지

　슈가맨 어서 와줘

더이상 우리를 금요일의 교회 마당
공짜 빵을 받으려는 노숙의 줄에 세워놓지 말아줘

도대체 이 도시에서 없는 것은 무언가
우드브리지, 노스할리우드, 빅, 바이더웨이…… 이 모두
공원들의 이름
공원에서 공원으로 잔다는 장난처럼 아름답고 집집의
정원은 천상인데
아름드리나무에 기댄 저 노숙의 행랑들은 왜 점점 늘어
나는지 노숙은 왜 유전(流轉)하는지

슈가맨 대답해줘

그들은 노숙인가 방랑인가

노숙은 왜 모두 현자를 닮았는가
현자는 왜 모두 퀴퀴한 냄새를 풍기는가

부패와 빈곤의 쓰레기통을 뒤적거리며
죽어도 썩지 않을 플라스틱 용기를 집어 올리는 저 현자는
게으름뱅인가 놀이꾼인가 철학자인가 단지 거렁뱅이일
뿐인가?
이 도시에서 정직한 건 자동차의 불빛뿐
불빛처럼 자욱한 밤뿐
밤은 언제나 수은등처럼 뿌옇고
으깨진 토마토처럼 속삭이지

육감적인 한낮의 젖가슴들에 대해
과장된 쇼윈도우에 가려진 음흉한 사실들에 대해
아웃라인만 반짝이는 크리스마스 무렵 집들에 대해
녹내장 말기의 시야처럼 흐릿한 사실들 그리고
썩은 토마토 같은 진실들에 대해

슈가맨 대답해줘

그때 내가 왜 학교에서 쫓겨나야 했는지?
난 그저 축구를 하고 있었을 뿐인데

타원형의 공을 따라 정신없이 뛰고 있었을 뿐인데
그 화이트 녀석, 몇번이나 나의 턱을 찌르며 말했지


헤이 옐로우, 엿이나 먹어라


정말이지 문득, 나의 주먹이 엿을 먹이듯 녀석의 턱을
갈겼을 뿐인데
맹세코 말하지만 그의 턱을 부숴버린 건 내가 아니라 나
의 분노
그것은 사실이고 진실이었는데
교장인 그 화이트는 말했지


너 따위 재수 없는 옐로우들은 필요 없어, 당장 꺼져버려


문제는 나의 불쌍한 싱글 맘
지지리도 재수 없는 옐로우 올드우먼
사내 새끼 둘을 싸질러놓고 딴 년한테 날아간 엿 같은
자의 옛날 여자
웃기게 착하기만 한 개그우먼

나는 매일 다짐하지

지랄같이 착한 저 개그는 죄악이야

엄마한텐 비밀이지만 사실 난 터키만 사랑해

내 친구 터키는 덩치가 산만 해서 왕따당한 과떼말라 출신

멕시칸

약삭빠르기가 쥐새끼 같은 재패니즈 토요따 녀석과는 질적으로 다른 녀석


그러나 우리는 다 같이 사실(事實)에서 쫓겨난 쓸모없는 놈팽이들

한낮의 로스앤젤레스 리버 콘크리트 에지에서 고래고래 노래 부를 일밖에 없는 민대가리들

하우스 클리너인 엄마를 가진 터키의 집 골방에서 마리화나나 피우며 노래할 일밖에 없는 개새끼들


슈가맨 어서 와줘

이 풍경은 너무 지겨워

지랄같이 착하기만 한 엄마는 오늘도
터키의 집 앞 캄캄한 골목에 고물차를 세워놓고 조용히
문자를 치지

팀! 언제 나올 거니?
팀! 새벽 세시구나……
팀! 팀…… 제발……

그러면 우리는 미친 듯 마리화나 속으로 헤엄쳐 가지
지치고 지친 안개의 얼굴로 문자를 날리지
엄마 여긴 천국이야 엄마도 한번 와봐 ㅋㅋ

슈가맨, 이건 꿈일까
단지 뭐라 설명할 수 없는 난장일까?

더러운 에스토니아인 대천사여
나는 단지 이렇게 기도할 일밖에 없네

내가 세상에 와서 저지른 최악의 사건은 바로 너란다,

라고

　제발 엄마가 고백하게 해달라고


　늙은 고양이처럼,

　얼마나 헤아릴 수 없는 발정과 섹스의 끝에 우리는 생겨
난 것인가


　Hey, you trash! 너흰 그저 저 고층 빌딩의 기나긴 그림
자일 뿐이란다 그러니까 걱정 마라 얘들아 저 빌딩이 너희
를 먹여살릴 거야 언젠가 너희들은 기어이! 꾀죄죄한 빌
딩의 바닥이 될 거란다

# 불광(佛光)


　버스가 불광동 국립보건원을 지나가고 있었다 오른쪽
유리 너머 언덕을 옆구리에 끼고 막 골목을 들어서는 네가
보였다 창백한 얼굴, 등허리까지 찰랑거리는 머리칼, 야윈
어깨…… 분명 너였다

　그래, 그 길을 따라 조금 더 가면 언덕바지로 오르는 길
이 있을 거였다 그 중턱에 푸른 철대문이 있고 그 안, 회색
콘크리트 양옥의 뒷방 허술한 문 하나가 있을 거였다 비 가
릴 차양 하나 없는 부엌이 있을 거였다 두어뼘 되는 부뚜막
에 새로 산 양동이 하나 이남박 하나 밥솥 하나 물솥 하나
가 무지공처(無地空處)를 향해 입을 벌리고 있을 거였다


　주인 여자는 한물간 기생, 해가 기웃하면 거룩한 의식처
럼 부엌 바닥에 쪼그려 앉아 뒷물을 할 거였다 오래 분단
장을 하고 박속 같은 얼굴을 쪽빛 모본단 저고리 동정 사
이에 슬쩍 얹고는 뱀처럼 쪽문을 빠져나갈 거였다 아사 치
마에 휩싸인 궁둥이가 회오리처럼 쓸려간 뒤


　너는 무덤 같은 집 후미진 신혼에 엎드려 앙드레 지드를
읽을 거였다

밤마다 토해내는 각혈 냄새, 미끈거리는 정액 냄새를 읽
을 거였다
댓돌에 벗어놓은 구두까지 훔쳐가는 배고픈 도둑을
툭하면 안 나오는 수도를, 끓는 가래 속으로 가르릉 가
르릉
들어설 눈치 없는 아이를 읽을 거였다

그 모두 마당 귀퉁이 늙은 유자나무가 노랗게 붙잡고 있
는 불광 속의 일이라

호두 껍데기같이 쭈글쭈글한 얼굴을 뒤집어쓴 사십년
후가
지금 막 벽제행 버스에 몸을 싣고
번개같이 불광을 지나고 있는 것은 미처 읽지 못한 채

# 습(習)


바람이 불면, 머리채를 산발하고 넋 없이 흔들리고 싶어
바람이 불면 움켜쥐고 있던 정신 줄을 덜컥 놓고
바싹 마른 갈잎처럼 방향도 없이 구르고 싶어
바람이 불면, 히스크리입, 히스크리입 —
바람이 불면,


왜, 자꾸만 번지고 싶어


어떤 습이 버드나무였던 생을 기억해낸 것일까?
어떤 습이 굼벵이였던 시간을 기억해낸 것일까?
대체 어떤 개뼈다귀 같은 습인가
내용도 없이 미친 이 사랑은


무당벌레 한마리가 오후의 마지막 햇살을 따라가다
갈참나무 누런 이파리 뒤로 빠르게 사라지고 있어
바람이 불어
누군지 세상 울음을 가만히 오므려 쥐고 꽃인 척 흔들리
고 있어
울음뿐이었던 한생을 기억해낸 것일까?

바람이 불어 사나운 꿈처럼
나, 불현듯 염통 밑에 쟁여둔 비상 같은 소금 한줌 챙겨
들고
열다섯 바다를 단숨에 건너
바닷가 오두막집 다 삭은 지붕 위로 부서져내리는
모래알 같은 저녁을 보고 싶어

그러나 지금 바람은
한마리 늑대, 어린 여우,
노랑나비 날갯짓,
찢어진 어느 영혼,
도라지꽃,
공중에 번쩍이는 지루한 돌멩이들
밑도 끝도 없는 순환 전철을 타고 무한궤도를 도는

# 입자들

그의 사진 앞에는 두자루의 촛불이 타고 있었다. 향 연기가 조문객들을 어루만지며 천장에 떠 있는 수많은 그의 입자들 사이를 흘러다녔다. 흰 국화로 싸인 액자 속에서 그는 자신의 앞에 엎드린 사람들을 내려다보았다.

이발관을 하는 한철이 아버지, 탄 지게를 지고 선탄장을 오가던 경배 아버지, 장터에서 국밥 장사를 하는 재준이 엄마, 욕쟁이 이삐 할매, 구장네 둘째 아들 명구……

그들은 한때 그가 지나온 숲이었다. 그가 맞닥뜨린 사나운 짐승, 투박하고 모질었던 돌멩이, 샛바람에 휘몰리는 버드나무, 느닷없이 벌떡 일어서던 절벽, 그 사이 죽은 듯 흘러가던 실개천이었다. 그들은 한때 자신이면서 한없이 자신이 아니었던 뒷산의 곰바위였다. 그 뒤에 숨어 있던 동굴이었다. 우우― 부르면 골짜기 가득 돌아오던 슬픈 메아리였다. 그들은 형제라는, 이웃이라는, 친구라는 이름으로 불리는 기호들이었으며 죽어도 읽히지 않는 어른거림이었다. 어느날 문득 그것들은 너무도 간단히 강 건너 정자나무가 되었다. 유성처럼 휘익 지나간 불덩이가 되었으며, 현현되는 혼돈이 되었다.

그는 화투를 치고 있는 한 무리의 불덩이들을 보았다. 슬픔에 지쳐 새우처럼 웅크리고 잠든 불가사의를 보았다. 연신 담배 연기를 토해내고 있는 혼돈을 보았다.

그의 회한이 향불 앞에 지폐 나부랭이처럼 놓여 있었다. 그는 이루 헤아릴 수 없는 자신의 입자들이 뿌옇게 떠돌고 있는 방 안을 보았다.

그의 기류들로 가득한 지하의 그 방은 말할 수 없이 긴 하루의 끝에 놓여 있었다.

# 임제가 없다


임제로 얼굴을 덮고 잠에 들다
깨어보니 임제가 없다
누가 임제를 가져간 것일까

안방으로 건넛방으로 소파 뒤로 책상 밑으로
임제를 찾아다니다 반나절이 가다

서가의 둘째 칸에서 조주를 만나다
조주를 읽다
조주를 소파에 던져두고 외출하다
돌아오니 조주가 없다
조주를 찾느라 한 저녁이 다 가다

침대 모서리에 끼인 임제를 문득 만나다
다시 임제를 읽다

조주는 어디로 간 것일까

임제로 가슴을 덮고 잠에 들다

임제도 조주도 없는 꿈속을 밤새 헤매다
거기가 어딘지
울음으로 얼굴을 가리고 아침에 들다

임제가 없다

## 바위

오솔길을 계속 올라갔지만 그가 앉았던 바위는 찾지 못
했다

그때 그것은 어떤 키 큰 나무 그늘에 있었다

회색 도넛 구름 밑에 있었다

찌리찌리 찌리리 우는

새 울음 사이에 있었다 연초록 바람 사이에 있었다

그것들은 모두 어디로 갔을까

여기저기 못 보던 바위들이 웅크리고 있었다

# 영옥이라는 이름으로

영옥(影屋)이 도착한다 한권의 책으로
한쪽의 표지로 몇쪽의 갈피로, 엮인 듯 앞인 듯
획 돌아보는 듯 희미하게 웃는 듯

볼이 통통한 영옥, 눈이 매혹적인 영옥, 머리칼이 칠흑
인 영옥
배경은 검은 숲, 회백색의 개울, 그 건너 뽀얀 몽돌밭

그러나 영옥은 어디 있나?

갈피 속의 영옥은 잠깐의 꾸바, 어느날의 광화문, 막 지
나가는 연신내,
부산, 대구, 비 추적대는 날의 왕릉, 아무도 거들떠보지
않는 늙은 의자,
어색한 술자리, 시…… 그 무엇보다
깊은 불치(不治)

영옥은 무엇인가?

맨발로 구만리 심해를 헤매는 눈먼 물고기?
바닥으로, 바닥으로 떨어져 내리는 조약돌?
그 파문에 잠시 저희끼리 몸 비비는 물풀?


영옥은 도착한다 지금 막 없는 순환 열차를 타고 없는
역에 슬쩍 내려
장검(長劍)처럼 번쩍이는 햇살에 아득히 미간을 찡그리
고 있을 영옥은


일면식도 없는 아침
누군가 흘리고 간 손수건


나인 듯 너인 듯 그인 듯 그것인 듯 그 무엇인 듯 그 모든
것인 듯
나도 아니고 너도 아니고 그도 아니고 그 무엇도 아닌
그러나 그 무엇인 듯


키가 삼천척은 되는 저녁으로 붉은 치마를 펄럭이며
도. 착. 한, 다. 여기저기서

없는 영옥들이 늙은 아카시아나무 우듬지를 흔들며

아아아 아아아
말하기 시작할 때

제 4 부

# 고양이

영문 모를 허기와 질투와 발정의 밤은 갔다

그는 지금 되바라진 대낮의 권태를 눈꺼풀 속에 간단히
말아넣고
스르르 잠에 들고 있다

녹슨 쇠사슬을 끌고 가는 수레 소리 아득하다

# 장미

너는 젊고 아름답다
너는 젊고 웃는다
너는 젊고 웃지 않는다

언제부터 너는 젊고 시작되었다
언제부터 너는 웃고 아름답지 않는다
언제부터 너는 웃지 않고 아름답지 않는다

그리고
너의 칠요일은 온다

아침이 오지 않는다 저녁이 오지 않는다
저녁만 시작된다 아침만 시작될 것처럼

더듬더듬
한 이파리씩

# 이와 같이 나는 들었다

수보리야 만약 선남자 선여인이 삼천대천세계를 부수어
가는 먼지를 만들었다면 네 생각에는 어떠하냐 이 가는 먼지가
얼마나 많겠느냐. 심히 많사옵니다. 세존이시여 왜 그런가 하오면
만약 이 가는 먼지가 실제로 있는 본체적 존재라면 부처께서는
곧 저 가는 먼지라 말씀하시지 않으셨을 것이기 때문이옵니다.
그것은 또 무엇 때문인가 하오면 부처께서 말씀하시는
가는 먼지는 곧 가는 먼지가 아니오며 그 이름이
가는 먼지일 따름이옵니다. ─『금강경』

이 무한천공 한그루 시퍼런 토마토나무 가지에 주렁주
렁 매달린 저 붉은 것들을 가령 토마토라 불러보자 누구는
그것을 야채라 하고 누구는 과일이라 하고 또 누구는 사실
그 어느 쪽도 아니라 한다 하자 아무튼 어느 푸르고 나지
막한 가지에서 생겨나, 차츰 자라고 시나브로 병들고 진물
흘리고 비린내 풍기며 마침내 다시 천공 속으로 곤두박질
친다 하자 그러면 천지에 토마토는 자취도 없어지고? 아
니다 다시 어떤 터럭 하나가 한 떡잎을 만들고 두 떡잎을
만들고 세 떡잎을 만들고 저 팔만사천의 떡잎을 만들어 한
순간 죽기 살기로 동그란 한 유구한 토마토가 되고야 만다
하자 그리고 천지의 길들은 토마토로 뒤덮이고 토마토로
흘러가고 토마토로 휘돌고 토마토로 쏟아지고 토마토로
소용돌이치다가 이윽고 지름이 구만리요 넓이는 광대무
변인 한 토마토가 된다 치자 무한천공인 그 토마토는 사실

한 터럭보다 작은 토마토와 같다 치자 안도 없고 밖도 없
고 두께도 없고 무게도 없어 결국 그 둘이 하나라 치자 그
러면!

　어째서 저 광대무변의 한 토마토와 터럭보다 작은 토마
토가 같은 것이냐
　다른 것이냐 있는 것이냐 없는 것이냐 다만 그 이름이
토마토일 뿐인 저
　수천수만 토마토들의 물음은 끝이 없고 다만 그 이름이
물음일 뿐인 물음들의 물음은 끝이 없구나

　이 토마토에 또 한 저녁이 지나가고 있다
　죽은 어미의 눈빛 같은 저녁이 한 등성이 위에 물끄러미
떠 있구나

# 정선 아우라지

이봐요, 나 분명 거기에 뭔가 버리고 왔는데 생각나지
않아요 그런데 그게 뭐냐고 자꾸 물으면 뭐라 해야 할까
요? 시도 때도 없이 폭발하는 지뢰밭? 일생 밭고랑에 퍼질
러 앉아 당신이 먹다 버린 막걸리 병? 정말이지 당신, 그때
왜 배추밭에다 지뢰를 심었나요? 난 그저 땡볕이 등골을
다 구워 먹는 줄도 모르고 때 없이 터지는 지뢰밭을 매느
라 지렁이처럼 기어 기어 갔는데 글쎄 한 허리 펴다 보니
당신이 없어

누구는 재 너머 봉자 에미한테 갔다 하고 누구는 바닷가
당실네 갔다 하지만 난 믿지 않아요 정말이에요 아아 쉬어
터진 막걸리 같은 당신, 뚜껑 열린 지뢰 같은 당신, 오디밭
에 들어가 해 지는 줄도 모르고 그 짓에 빠진 당신, 저 뒤꼍
늙은 감나무 가지에 목매 죽은 에미가 울며 부르는 줄도
모르고 투전에 빠진 청맹과니 당신

이봐요, 나 거기 분명 뭔가 버리고 왔는데 암만해도 생
각나지 않아요 정말이에요 누구는 그게 당신이라 하고 얕
은 듯 깊은 듯 도무지 속을 알 수 없는 저 아우라지 물소리

라 하지만 난 믿지 않아요 건넛방에는 아직도 당신이 밤새 막걸리를 벌컥벌컥 들이켜는 소리 들리는데, 여우 같은 당실네, 늑대 같은 봉자 에미, 호래이 같은 시에미 마카 모여 왁자하니 화투장 때리는 소리 들리는데,

　이, 이봐요, 내가 거기 버리고 온 게 도대체 무언가요?

# 다문(多聞)


흔들리기 위해서가 아니라 흔들림으로부터 달아나지 않기 위해 흔들리는 나무를 보았니?

잠든 '그때'의 적막을 깨우지 않으려 가만가만 흔들리는 '그때'를 보았니?

이파리들 사이 물끄러미 박힌 검보랏빛 눈동자를 보았니?

온몸이 눈인 짐승 한마리 보았니?

방금 중요한 결정을 내린 사람처럼, 고요히 나무를 흔드는 우둔(愚鈍)을 보았니?

견고한 듯 허술한 그 문을 보았니?

흔들리는 나무가 흔들리지 않는 나무에게 속삭이는 말들의 나지막한 우듬지를 보았니?

크리스마스 트리처럼 반짝이는 거짓들을 보았니?

푸르고 희고 분홍이고 자주고 그 어떤 색도 아닌 어떤 색을 보았니? 보았니?


달아나기 위해서가 아니라 달아남으로부터 달아나기 위해 줄행랑 치는 바람의 등을 보았니?

결국 나인 너의 주머니에서 순식간에 지갑을 빼내는

소매치기의 날렵한 손처럼

그때, '그때'가 얼마나 미끄럽고 퍼덕거리는지

## 누군가 이끼 낀 담벼락에 기대 흐느끼고 있었다

먼지 낀 방충망이 저녁 해를 난도질하고 있을 때

베란다 난간을 넘어가는 해가 앞 동 옥상을 붉게 물들일 때

우두커니 거기 서서 네가, 한동안······ 하고

중얼거릴 때

무엇이?

되물을 사이도 없이 헐떡헐떡 어둠이 몰려올 때

손바닥 위에 놓인 무당벌레처럼 사람들, 방향도 없이 달아날 때

다급한 경적 소리 같은 것이 아득히 귓속을 지나갈 때

마침내······ 한 저녁이 천천히 가라앉을 때

어디선가 몰래 잔꽃들 피는 소리 들렸다

명주실 같은 수관을 따라 먼지보다 작은 수마(水馬)들 달려가는 소리

배추나비 한숨보다 얇은 꽃잎 한장 가만, 닫히는 소리

── 세상에, 요 작은 것도 꽃인가요?

쪼그려 앉아 풀꽃처럼 묻고 싶을 때

바로 그때

누군가 이끼 낀 담벼락에 기대 흐느끼고 있었다

## 우중산책(雨中散策)


나는 가고 있었다
폭우가 퍼붓고 있었다


나뭇가지 사이사이로 물의 유리 조각들이 내리꽂혔다
그때 허공은 물의 유리 폭포
아스팔트에 부딪쳐 깨진 낭자한 물의 조각들을 밟으며


나는 가고 있었다
비 맞은 노랑 줄무늬 고양이처럼
젖은 꼬리를 깃대처럼 세우고
윗집 통장 마누라처럼
품위 있게


새 한마리가 막 정수리를 지나가는 듯도 했다


아무것도 없었다
아니, 있었다
채 이름 지어지지 않은, 말하자면
그런 것

# 십정동(十井洞)


이곳에 주저앉은 지 오래입니다 햇수를 알 수 없습니다
열 우물이라 부르는 마을입니다 이사 온 지 몇해 지나
도록
그 이름에 대해 생각해보지 않았습니다


어느날 엘리베이터에서 새로 이사 온 옆집 새댁이 물었
습니다
'이 마을에 우물이 많나요?'
'무슨?'
어리둥절 되묻다가 문득 열 우물이 생각났습니다
이 빽빽한 아파트 숲 어디에 열개의 우물이
숨어 있을 것도 같아 가슴 두근거렸습니다 그후 열 우
물…… 떠오를 때마다 가슴 호젓했습니다


첫새벽 옆집 남자가 조심, 계단을 내려가는 까닭을 알
것도 같았습니다
아파트 현관에서 마주치는 이웃이 가만히 목례하며
알 듯 모를 듯 미소 짓는 것도
한밤중 머리 위에서 위층 내외가 통탕거리는 것도

이따금 찢어질 듯 우는 301호도 알 것 같았습니다
열 우물, 열 우물…… 그렇게, 보이지 않는 곳에서 우는
뜸부기 소리 같은 것 좇으며
또 한 백년 흐르겠지요

늙은 아카시아 우듬지에 세 든 까치 가족이 먹을 물도
모자라는 시절이
장검(長劍)처럼 번쩍입니다
그러나 한편 이런 생각이 듭니다

옷 벗듯 몸 벗고 홀연 날아간 온갖 혼들이 밤마다 목 축
이러 내려와
어린 나뭇잎 같은 손 뻗어 입술 축이고 물끄러미,
사라진 제 얼굴을 들여다보다 가는
우물 열개가 이곳 어딘가에 있으리라
그런 보이지 않는 그림자들이 몰래 흘러가는 곳이
이 열 우물이라는 마을이 아닌가

아파트는 매일 키를 늘립니다

길들은 더 깊어지고
그 위로 우워어 우워어
몽둥이 바람 몰려갑니다

여기가 천길 우물의 속이라고
여기가 열 우물의 한 속이라고

# 돌들의 다다이즘 2

한잠 자고 나니 세상이 모두 돌이 되어 있었다

마을버스 정거장 팻말 옆에 짱 박힌 돌, 그 근처 보도블록 위를 굴러다니는 돌, 주머니에 넣어놓고 조몰락거리는 돌, 일없이 발끝에 차이는 돌, 물수제비 뜨기 알맞은 돌, 오이지 눌러놓기 딱 좋은 돌, 공사장 귀퉁이에 박힌 것도 뽑힌 것도 아닌 돌, 아파트 화단에서 이리저리 궁구는 돌, 모서리가 움푹 파인 돌, 정수리가 삐죽 솟은 돌, 어딘가 좀 비뚤어져 보이는 돌, 쇠몽둥이 같은 돌, 늑대 발톱 같은 돌, 졸린 고양이 눈꺼풀 같은 돌, 여물 먹는 소의 귀 같은 돌, 구미호 같은 돌, 성난 사자 벌린 입속 같은 돌, 물개 같은 돌, 돌고래 같은 돌, 상어 같은 돌, 해파리 같은 돌, 불가사리 같은 돌, 톡톡 튀는 새우 새끼 같은 돌, 죽은 할매 뒤통수 같은 돌, 옆집 일수쟁이 광대뼈 같은 돌, 어제 목욕탕에서 본 미스 김 음부 같은 돌, 단풍잎 같은 돌, 민들레 같은 돌, 흑장미 같은 돌, 선무당 손아귀에서 사시나무 떨듯 하던 신장대 같은 돌, 바람나 야반도주한 경숙 엄마 눈꼬리 같은 돌, 사사건건 비웃는 돌, 사시사철 껄껄거리는, 수군덕거리는 돌, 삐죽거리는 돌, 재재발린 돌, 나는 돌, 뛰는

돌, 걷는 돌, 탭댄스 하는 돌, 삿대질하는 돌, 쌈박질하는
돌, 헤헤거리는 돌, 들이대는 돌, 싹싹 비는 돌, 야밤에 고
성방가하는 돌, 눈물 같은 돌, 안개 같은 돌, 한숨 같은 돌

　돌과 연애하고 싶다
　얼음 같은 돌의 가슴에 얼굴을 묻고 흐느끼고 싶다
　두 눈에서 쏟아지는 용암으로 돌의 늑골을 녹이고
　화석이 된 돌의 염통을 깨우고 싶다

　그리하여
　꿈틀거리는 돌 들썩거리는 돌 벌떡 일어나는 돌
　풀쩍 뛰는 돌 펄펄 끓는 돌
　끓는 채 구만리장천을 빙빙 도는
　돌의 목에 매달려
　사이프러스 숲이 우거진 설원으로 가고 싶다

# 너는 말한다

우리 언제 다시 만날까 십년 후에 운 좋게 이 별에서 다시 만난다면 너는 네가 나는 내가 누구인지 알아볼 수 있을까? 그럴까? 왜 어째서 어디로 너는 흘러가고 나는 스며드는지 미처 물어볼 겨를도 없이 한없이 느린 듯 순식간에 교차하는 열차처럼 언젠가 너는 나의 연인이었던 것도 같은데, 그때 우리는 첫새벽 어느 후미진 골목에서 거짓말처럼 만나기도 하고 어느날은 만원 전철 두번째 칸에서 마치 타인처럼 물끄러미 바라보다가, 뜬금없이 우연이나 필연 같은 감상적인 관념어에 대해 생각하기도 했는데, 정말이지 너는 누구이며 나는 또 누구인가? 이런 뻔한 질문의 매트릭스로 끌려들어가며 끝내 모르게 될 너와 나에 대해, 새벽의 공원과 만원 전철에 대해, 닥쳐올 밤들의 산 같은 망각에 대해 미처 생각도 못한 채

왜 어째서 어떻게 무엇이 그토록 너였느냐고 나는 반백년 후에나 중얼거린다 밑도 끝도 없이 개 같은!이라고 중얼거리며,

지금 너는 미친 듯 죽음에 목말라하며 사라진 너를 찾아 밤새 악몽 속을 헤매다가 이 아침 참으로 처음인 숲에서 온몸으로 젖어 있는 나무들에게 묻는다 대체 무엇이 이

렇게 축축한 것이었느냐고, 그때 어째서 나는 개새끼! 내
뱉고 너는 하염없이 웃었느냐고, 그때 너는 누구였으며 나
는 또 누구였으며 너와 내가 만났던 그 새벽의 공원은 지
금 어디를 흐르고 있느냐고 내용도 없이 중얼거려보는 것
인데

　사랑에 골몰해 지갑을 흘린 줄도 모르는 연인들이 시시
각각 얼굴을 바꿔 달고 아직도 사랑에 골몰하고 있는 그
공원에서

# 쏘가리라는 이름의 틀뢴

틀뢴은 본질적으로 관념이다. 거기서 세계란 공간을 점유하고 있는
　　　물체들의 집합이 아니라 독립적 행위들의 이질적 연속이다.
　　　틀뢴의 세계는 연속적이고 시간적이지 공간적인 개념이 아니다.
　　　　　　　　　　　　　　　　　　　　　　　　　　—보르헤스


아홉이나 열살 그 언저리였다
아버지는 대조랭이 속에 팔뚝만 한 쏘가리 한 놈 잡아오
셔서는
물이 반쯤 담긴 놋대야에 풀어놓으셨다


쏘가리, 긴 수염을 저으며 빙글, 한바퀴 돌아봤다
펄쩍 뛰어올라봤다
구불텅, 용틀임도 해봤다
대야를 뒤집을 듯 퍼드덕거려도 봤다
대야 밖 저 너머로 번개같이 몸을 동댕이쳐도 봤다
맨몸으로 흙바닥을 뒹굴어도 봤다


그러나,
흙몽뎅이, 흙몽뎅이, 흙몽뎅이 쏘가리


다시, 아버지 손에 잡혀 대야 속에 던져졌다
다시, 구불텅거려봤다

다시, 펄쩍 뛰어봤다

마침내는 놋대야 속 황금빛 벽을 미친 듯 돌기 시작했다
오뉴월 땡볕이 노랗게 대야 속 먼 데를 끌고 갔다

달리아, 채송화, 분꽃, 접시꽃 같은 것들이 정갈하게 피
어 있는 화단 앞이었다
꽃 같은 어미가 활활 타는 화덕 앞에서
무쇠솥 뚜껑에 맨드라미 꽃전을 붙이고 있는
마당 귀퉁이였다

경옥이, 경희, 정자, 홍종기씨, 성 너머 할매, 문둥이 춘
자……
뭐 그런 이름들이 화기에 어른거리는
한낮이었다

# 참 고요하시다

어머니는 들마루에 앉아 구슬을 꿰고 있었다 산동네 언덕바지의 울도 담도 없는 집 마당이었다 그때 어머니의 구슬은 우리의 반찬이 되고 신발이 되고 밥이 되고 승차권이 되었다 하굣길, 가파른 비탈을 오르다 산 중턱쯤에서 숨을 고르며 바라보던 꼭대기, 거기서부터 모든 길은 하늘로 통했다 어머니는 매일 분홍 하늘에 둥둥 떠 있는 들마루에 앉아 구슬을 꿰고 있었다

　─신부들이 드는 구슬백을 만드는 거란다

어머니가 만든 구슬백에는 한쌍의 공작이 날아오를 듯 날개를 펼쳐 들고 있었다 어떤 시류에서는 막 피어나는 장미들로 뒤덮이고 또 어떤 유행을 따라가면 이름만 들어본 부용 한송이가 전면에 클로즈업되기도 했다

　─꿰고 붙이고 꿰매고 뒤집다보니 하루가 들마루 위에서 다 가버렸구나

어머니의 목소리가 분홍 속으로 스며들었다 나는 바닥에 떨어진 구슬들을 손가락으로 꼭꼭 눌러 나무 찬합에 담고 엄마는 잰걸음으로 부엌으로 가 밥을 짓느라, 검보랏빛 베일을 쓴 마녀 같은 저녁이 와서 엄마의 분홍을 다 잡아먹는 줄도 몰랐다

부엌에는, 잡혀온 감자와 잡혀온 밀과 잡혀온 멸치들이 끓는 냄비 속에서 뚜껑을 들썩거렸다 그사이, 들마루 밑에 벗어놓은 신발들은 조금씩 구멍이 나고 던져놓은 책가방은 손잡이가 덜렁거렸지만 우리는 괜찮았다 다 무사했다 분홍 탈을 쓴 노을이 한 등성이를 다 잡아먹어도 우리는 무사했고 방금 사라진 등성이가 잿빛으로 검정으로 보라로 그리고 알 수 없는 색깔들로 수도 없이 다시 태어나도 우리는 무사했다 산 아래도 정수리에도 별들은 고루 번쩍거렸다 두레상에 빙 둘러앉아 감자를 넣은 수제비를 먹을 때 어머니는 탄식처럼 말했다 참 고요하구나

세계는 참 고요함 속에서 요지부동이었다 옆집 권투 선수는 툭하면 눈두덩이 부어오르고 뒷집 경미 엄마는 빚쟁이에게 머리채를 잡힌 채 질질 끌려가도 세상은 참 고요했고 네온처럼 번쩍이는 지상의 별들은 잡힐 듯 멀었다 그때 그건 우리의 일이 아니었으므로 우리의 슬픔이었다 우리의 기쁨이 아니었으므로 우리의 적막이었다 그때 우리는 참을 수 없는 우리의 시시껄렁에 취해 정처 없이 우리를 헤매었다 매일 도둑 같은 노을이 와서 구슬을 꿰고 있

는 엄마의 얼굴이며 옷이며 신발이며 하늘을 함부로 물들
여놓고 줄행랑을 치는 것도 모르고

이윽고 동생들은 하나둘 북받치는 고요 속으로 달아나
고 나는 은빛 머리카락을 한 이상한 노파를 만나러 맞은
편 노을 속으로 걸어갔다 다 무사했다 아버지는 북망산으
로 감자 캐러 가서는 소식이 없고 남동생은 아버지 찾으러
가서는 소식 한자 없어도 우리는 무사했다

　　─다 괜찮다 괜찮을 거야, 신부들은 언제나 있지 않니?

어머니는 여전히 막 도착한 노을 속에서 구슬을 꿰며 말
씀하신다 참 고요하시다

# 새재

칠흑의 새재를 넘어보고야 알았다

한 재가 얼마나 많은 골짜기를 품고 있는지

골짜기들은 또 얼마나 깊은 어둠을 품고 있는지

새들도 넘지 못한다는 재를 칭칭 감으며 낡은 승용차가
위태롭게 내려갈 때

골골의 어둠이 노랗게 언 달을 밀어 올리고

한 치 앞의 벼랑이 시간을 자꾸 헛바퀴 돌릴 때

우리는 생사의 경계 위에 선 아버지를 보았다

온 산에 슬픔이 달빛처럼 번지고 있었다

누구였는지 문득, 넋 없는 사람처럼

재 아래 어른거리는 어린 날을 끄집어냈다

바람나 재 넘어간 옥자 얘기, 구랑리에서 떼죽음당한 어
느 일가의 얘기,

육이오 때 목숨 걸고 재를 넘겨준 가복의 얘기며

난리통에 관문 속 어느 골짜기에 묻히신 증조부 얘기를
두서없이 중얼댔지만

두려움보다 재는 높고 슬픔보다 길이 더 휘어

끝내 우리는 말을 잃었다

그러나 누군들 몰랐으리

그 모두 한 재가 토해낸 한숨이라는 걸

그 숨으로 깊어진 골짜기라는 걸

그것이 밀어 올린 봉우리라는 걸

# 그가 지나갔다

그 여자가 동백나무 그늘의 끝을 막 지나가고 있을 때
그가 지나갔다

참새 몇마리가 은행나무 이파리 사이에 숨어 뭐라 뭐라
떠들고 있을 때
그가 지나갔다

은회색 승용차가 전속력으로 달려갈 때
그가 지나갔다

노란 원복을 입은 아이들이 줄지어 동네를 돌고 있을 때
그가 지나갔다

왕개미 한마리가 제 몸만 한 과자 부스러기를 물고 힘겹
게 보도블록 가장자리를 가고 있을 때
그가 지나갔다

세상에!
얼굴도 없이

# 시가 당신은 아니지만, 당신은 나의 시

### 김수이

이 글은 마지막 문장을 쓰는 것으로 시작되었다. 마지막 문장을 먼저 쓰자 그 앞의 모든 문장의 공백이 생겨났다. 순서는 반대였을 수도 있다. 공백을 먼저 썼고, 마지막 문장을 두번째로 썼다. 그러자 마지막 문장의 사후이거나 사전에 생긴 공백들이 문장의 형식을 요구하며 쇄도해왔다. 비어 있는 문장과 이름 없는 장소들로 가득한 글쓰기의 무한과 마주하는 일.

## 문득 '너'가 생겨날 때마다

사실 공백은 오래전에 쓰여 있었다. 서술자는 이경림 시인과 그녀 앞에 불현듯 생겨나는 무수한 '너'이다. 가령,

"앞이나 뒤나 안이나 밖이나 온통//눈이 와서" 문득 "후우
욱/긴 숨을 내쉬"며 "생겨나"는 너, 경계 없이 내리는 눈
처럼 '나'에게 "온통" 오면서 살아 있는 너. 나의 외부이자
내부, 대상이자 주체, 언어이자 공백이며, 시 쓰기의 필연
의 원인이자 종종 뜻밖의 결과인 너.

　눈이 와서 문득 하늘이 있고, 사람이 있고, 바람이 있
다. 눈이 와서 문득 네가 생겨나고, "오솔길은 뱀처럼 숲의
가슴을 파고들고/적송은 풍파 소리로 지나간다"(「눈이 와
서」). 즉, 눈이 와서 문득 무언가가 있고 생겨나고 움직이고
사라진다. 존재와 생성과 운동과 소멸은 세계와 삶을 구성
하는 유위(有爲)의 양상들이다. '너'는 이 모든 유위의 주
어를 통칭한다. '나'도 물론 포함된다. 이경림은 '너'가 늘
존재하기보다는, 우연하고 무심한 순간에 문득 출현한다
고 말한다.

　'문득'은 생각이 갑자기 떠오르거나 행위가 갑자기 이
루어지는 모양을 뜻하는 부사다. 시간의 어떤 특이점에서
불현듯 일어나는 유위의 모양새를 가리킨다. 내가 '너'를
경험하는 순간들과 그 작용의 비밀을 이경림은 '문득'으
로 압축한다. 수행자가 깨닫는 순간도 '문득'이며, 인간이
신을 만나는 순간도 '문득'이다. 예측할 수 없고 맥락을 알
수 없는 시점, '나'가 멈춘 찰나들에 문득 '너'는 나를 관통
하며 온통 내게 온다.

　'문득'은 내가 아닌 너의 시간이다. 익숙한 주체의 시간

이 아니라 모르는 타자의 시간이며, 응집된 내부의 시간이 아니라 벌어진 외부의 시간이다. 직전까지의 삶이 흔들리며 꽃이 피고 열매가 터지듯 다른 차원이 열리는 예외적인 삶의 사건이기도 하다. '문득'은 나의 밖에서 나 아닌 것으로부터 온다. 그러나 '문득'은 그것이 이미 나의 안에 있음을, 너와 나의 경계가 허상임을 일깨운다. '문득'은 내가 없는—있는 시간에 네가 도래하고, 너와 내가 무방비로 투명하게 만나는 방식이자 형식이다. 문득 네가 올 때, 나는 이 어두운 무명(無明)의 세계에서 비로소 존재하고 살아가고 사랑할 힘을 얻는다.

타자성, 우연성, 예측 불가능성, 예외성 등을 지닌 '문득'은 일상에서 의외로 자주 발생한다. "눈이 와서"는 '문득'이 발생하는 수많은 계기의 하나로, 내리는 눈은 네가 지닌 '온통'의 존재감을 강렬하게 현시한다. '온통의 너'를 폭설만큼 적확하고 아름답게 현현하는 사물이 있을까. 무심히 허공을 가르며 내리는 눈은 각각의 눈송이의 개별성과 그 헤아릴 수 없는 개체들이 모여 이루는 무상한 전체성을 정지하지 않는 하나의 풍경으로 이룩한다.

눈처럼 문득, 온통, 무수히 내게 오는 '너'는 이경림 시의 공백을 써내려가는 감추어진 손이며, 이경림 시의 숨은 주체이다. 이경림에게 시 쓰기는 '너'와 '나'가 함께 하는 공동의 작업이다. 너는 주로 공백을, 나는 언어를 쓴다. 너는 언어가 닿을 수 없는 공백을 쓰고, 나는 실패를 거듭하며 공백의 언어를 쓴다. 너는 언어의 공백 속에 없으면서 있고, 나는 공백의 언어 속에 있다가도 없다. 한편의 시를 향한 이 공동의 작업에서 균열은 불가피하다. 문득 눈이 오고, 균열을 건너뛰며 네가 온다. 균열은 장애물만은 아니다. 균열은 너와 나의 기원이자 시의 기원이다. 균열이 있어 네가 생겨나고, 너와 내가 만나고, 시가 쓰일 수 있다. 이 균열의 유위를 우리는 '살아가는 일'과 '사랑하는 일'이라고 부른다.

이경림은 살아가고 사랑하는 일이 불시에 곳곳에서 '너'를 마주치는 일임을 다채롭게 그려낸다. 그에게 시 쓰기는 삶의 도처에서 온전히 너를 만나기 위한 수고이며, 수행과도 같다. 야단법석이 난 듯 너는 계속 다른 얼굴과 형상과 분위기로 출현한다. 사람과 사물, 유형과 무형, 존재와 부재, 시간과 장소 등을 가리지 않고 네가 올 때마다 나는 나의 존재와 살아 있음을 각성한다. 이 시집이 웬만한 시집을 웃도는 밀도와 다양한 상황과 이질적인 화법들로 넘쳐나는 것은 사방에서 끝없이 도착하는 너의 변화무쌍함에 기인한다. 이 시집에서 이경림이 쓰려는 것은 너의 수많은 형상과, 너로 인해 문득 깨어나는 나의 존재와 삶의 실상이다. 차라리 참상에 가까운 나의 삶의 실상은 네가 오는 사건 없이는 전개되지 않는다.

첫새벽, 화장실 다녀오는 길에 보았다
어떤 묵언처럼
곰곰 지나가는 당신을

(⋯)

잠결이었다
오줌 누러 갔다 오는 몇발짝 사이
어떤 미친 시간이 오토바이를 타고 굉음으로
달려가는 사이
글쎄 백년이 지났다고!

　　　　　　　　　　　　　　　—「개미」부분


　이경림의 이번 시집은 불교의 사유를 일상의 이야기로
재구성한 존재론적 성찰로 가득하다. 일상의 삶에 녹아 있
는 불교의 섭리를 때로 요설을 불사하며 풀어 쓴 시집이라
고 해도 좋겠다. 이경림은 너의 끊임없는 탄생과 소멸, 유
위와 무위에 관한 스케치를 다양한 풍으로 시도한다. 생성
과 소멸이 따로 없고, 유위도 무위도 아닌 삶과 세계는 그
의 시를 통해 언어의 형상으로, 동시에 언어를 불사하는
공백으로 우리 앞에 다시금 출현한다.

## 기수급고독원에서 쓰는 시

"도대체 너는 왜 내 말에 귀 기울이지 않니?"(『직박구리들』)

성불한 부처는 이렇게 말할 리 없지만, 자아로 굳게 뭉친 '나'는 이렇게 탄식한다. 너 또한 나에게 그렇다. 그런데 여기가 기수급고독원이라면? 기수급고독원은 사위국의 큰 부자 급고독(給孤獨)이 부처의 설법을 듣기 위해 기타태자(祇陀太子)와 함께 보시하여 지은 가람으로, 49년간 부처의 설법은 대부분 이곳에서 이루어졌다.[1] 『금강경』과 『능엄경』 등의 경전은 이를 명시하며 시작한다. "이와 같이 나는 들었다. 그때 부처께서는 사위국의 기수급고독원에서(如是我聞, 一時佛在舍衛國, 祇樹給孤獨園)……"

이경림에 의하면, "흘러가는 구름" "위태롭게 얹혀 있는 까치 둥지" "엄동에 종일 생선 리어카에 붙어 서서 떨고 있는 반백의 사내" "발길에 차이는 빈 깡통"(『기수급고독원』) 등은 모두 기수급고독원이다. 어설픈 설명을 달자면, 부처의 설법을 듣는 절이 따로 있을 수 없고, 어떤 것에 매이는 순간 불법(佛法)과 해탈마저도 모든 상(相)은 허상이기 때문이다. 실상도 허상도 없고, 얻은 것도 잃은 것도 없

1) 남회근·신원봉 역, 『금강경 강의』, 부키 2008, 39~41면 참조. 이 글에서 불교에 관한 이야기는 모두 이 책에서 빌려왔다.

으며, 부처와 중생이 따로 있지 않은 불법을 들었으되 아직 깨닫지 못한 범부는 시시각각의 지금을 어떻게 살아가야 할까? 이경림의 시가 모던한 어법 속에 유희와 수행과 모험을 넘나들며 붙들어온 질문은 이것에 있다.

'지금'을 사는 길의 하나는 실상과 허상, 열반과 세속 등에 한사코 분별심을 내는 중생의 미망을 부정하면서도 긍정하는 것이다. 이경림은 부처의 가르침을 배우면서(또는 배움으로써), 무명 중생의 온갖 잡념을 농담과 유희의 유쾌한 포즈로 살아낸다. 예컨대, 고독한 극빈자들에게 자비를 베푼 '급고독(給孤獨)'의 이름을 "급 고독(孤獨)" "급! 고독(高獨)"으로 떠올리며 "급전 쓰는 마음처럼 급(急)/쓸쓸,"하여 "급! 고독/전보라도 날리"(「기수급고독원」)고픈 심정이 되는 것. 가을비 내린 뒤 "보도블록에 지렁이 두분 뒹굴고 계"시는 것을 보며 "아아, 그때, 우리/이목구비는 계셨습니까?/주둥이도 똥구멍도 계셨습니까?//그 진창에서 도대체 당신은 몇번이나 C 하시고/나는 또 몇번이나 S 하셨던 겁니까?"(「지렁이들」)라고 통렬히 질책하는 것. "세시에 유쾌한 발상에서 만나"기 위해 길을 헤매다 "그런데 말입니다,/네시는 왼쪽입니까 오른쪽입니까?"(「유쾌한 발상」) 난데없이 묻는 것 등등.

불법 앞에서 인간의 번민은 오히려 번성하여 "어지러운 생각들이 잡고 가는 컴컴하고 기다란 길"(「마치 살아 있는 것처럼」)이 펼쳐진다. 이경림의 시는 이 번성의 자리, 불경(佛

165

境)과 불경(不敬) 사이를 아슬아슬하고도 활달하게 넘나
드는 자리에서 쓰인다. "비록 협개(狹墍)하나 천림(泉林)은
번울(繁鬱)하고 인벽(人壁)이 사방 구만리(九萬里)니 가히
고독(高獨)의 가람(伽藍)을 지을 만"(「기수급고독원」)한 땅
이 비단 기수급고독원뿐이겠는가. 시 역시, 어쩌면 시야말
로 시냇물 흐르는 숲이 울창하고 사람이 사방에 거주하니
가람이 설 만한 최적의 입지라고 할 수 있다. '시(詩)'가 말
씀〔言〕과 가람〔寺〕이 합해진 글자임은 우연이 아닐 것인데,
넉넉히 베푸는 고독(給孤獨)과 급히 쓸쓸한 고독(急孤獨)
과 급 고귀한 고독(急高獨)이 더불어 있기에는 시 만한 곳
이 없다. 이경림에게 시는 번뇌와 수행을 거듭하며 '지금'
을 살아가는 인간의 너무도 인간적인 가람이자 처소이다.

귀를 열면 기수급고독원이 어디든 무엇에나 있듯이,
'너' 역시 수많은 곳에 수많은 것으로 있다. 이경림이 맞닥
뜨리는 '너'의 일부만 나열해도 그 무수함과 무량함을 짐
작하기는 어렵지 않다. 당신, 영옥, 슈가맨, na, 태어나자마
자 걷는 사람, 월요일부터 일요일, 종일 구슬을 꿰는 어머
니, 눈만 반짝이던 광부들을 지휘하던 아버지, 공공근로를
마치고 돌아오는 늙은 아낙들, 구랑리에서 떼죽음당한 어
느 일가, 옆집 토마토들, 시인 k, 지렁이들, 1월, 천지간에
가득한 앵두 하나, 나의 앤티크 숍 마리엔느, 인격을 한껏
차려입은 돌들, 승복을 입은 가면, 눈이 시리게 노란 복권
들, 입자들, 혼들 등등.

영옥은 무엇인가?


맨발로 구만리 심해를 헤매는 눈먼 물고기?
바닥으로, 바닥으로 떨어져 내리는 조약돌?
그 파문에 잠시 저희끼리 몸 비비는 물풀?


영옥은 도착한다 지금 막 없는 순환 열차를 타고 없는
역에 슬쩍 내려
장검(長劍)처럼 번쩍이는 햇살에 아득히 미간을 찡그
리고 있을 영옥은


일면식도 없는 아침
누군가 흘리고 간 손수건


나인 듯 너인 듯 그인 듯 그것인 듯 그 무엇인 듯 그 모
든 것인 듯
나도 아니고 너도 아니고 그도 아니고 그 무엇도 아닌
그러나 그 무엇인 듯


키가 삼천척은 되는 저녁으로 붉은 치마를 펄럭이며
도. 착. 한, 다. 여기저기서
없는 영옥들이 늙은 아카시아나무 우듬지를 흔들며

아아아 아아아

말하기 시작할 때

──「영옥이라는 이름으로」 부분


어느날 문득 한권의 책으로 도착한 '영옥'[2]은 비극적인
아름다움 속에 도래하는 '너'를 대변한다. '영옥'은 모든
'너'를 아우르는 하나의 이름이다. '영옥'은 그 무엇도 아
니면서 모든 것이고, 있으면서 없다. "없는 영옥들"은 "지
금 막 없는 순환 열차를 타고 없는 역에 슬쩍 내려" "키가
삼천척이 되는 저녁으로 붉은 치마를 펄럭이며/도. 착. 한,
다. 여기저기서". 경계 없이 내리는 눈처럼. 흡사 보살의
현현을 닮은 "없는 영옥들"의 실재─부재하는 도래는 "영
옥은 어디 있나?" "영옥은 무엇인가?"라는 이 시의 물음에
대한 대답과 그 대답의 불가능성을 동시에 암시한다. '영
옥'에 관한 것을 모조리 열거한다 해도 '영옥'을 규정할 수
는 없다. 어떤 언어도 '영옥'의 본질에 이르지는 못한다.
허상인 언어로 '너'의 실상을 말하려는 모든 시도는 필패
의 헛수고로 끝난다. 그런데 문득 너의 말이 들려오기 시


2) 이 시에서 '영옥'은 2018년에 암으로 작고한 배영옥 시인에게서
비롯되었다. 이경림 시인은 한 문예지에서 고 배영옥 시인을 기려
마련한 특집을 읽고 이 시를 썼는데, 그녀와는 생전에 일면식도 없
었다고 한다.

작한다. 너는 내가 모르는 언어로 내가 아는 언어의 틀 자체를 무력화한다. "아아아 아아아/말하기 시작"하는 "없는 영옥들"의 소리 없는 음성은 나를 언어의 이전이며 바깥인 공백과 마주하게 한다.

시는 언어를 통한 헛수고와 인간의 고뇌를 언어로 처리하는 기술 사이에서, 인간 존재와 삶에 대한 질문을 지속하기 위해 언어를 무릅쓴다. "아무것도 없었다/아니, 있었다/채 이름 지어지지 않은, 말하자면/그런 것"(『우중산책(雨中散策)』). 말하는 순간 오류가 되는 언어의 운명을 끌어안고 "없는 영옥들"과 함께 시인도 계속 "말하기 시작"한다. 이경림에게 시는 종교의 직전에 자리 잡고 있는 것이 아니라, 종교와 같은 자리에 거주한다. 이 세계와 삶이라는 자리. 이와 관련해, 머물지 않고 일체의 상을 만들지 않는 성불한 사람이 속세에서 계속 살아가는 방식은 큰 울림을 전해 준다.

범부에게나 성불한 사람에게나 단지 하나의 법문이 있을 뿐입니다. 바로 선호념(善護念)입니다. 어떤 생각을 보호한다는 걸까요? 머물지 않는(無所住) 것입니다. 어떻게 머물지 않는다는 걸까요? 아주 간단합니다. 법상을 만들지 않는(不生法相) 것입니다. 성불한 사람은 어떨까요? 우리와 마찬가지입니다. 역시 먹고 입으며, 밥을 먹고 나서 발을 씻습니다. 이처럼 평범합니다. 머리에서

빛이 난다거나, 가슴에서 빛을 뿜어낸다거나, 여섯가지
신통력이 있다거나 하는 소리는 하지 않습니다. 밥 먹고
옷 입고 자리 깔고 앉습니다. 그러고 나서 질문하면 대
답합니다. 이처럼 간단합니다.[3]


## '너'는 '너'가 아니며 단지 그 이름이 '너'일 뿐

'너'와 마찬가지로 '나' 역시 계속해서 생겨나며, 그 수
는 한이 없다. 누구인지 모를 너는 나의 기원이며, 현생에
이르기까지의 나의 수많은 '직전들'이다. 그러므로 지금
내 앞에 다가오는 모든 너는 곧 나이다. 나는 너의 변화하
는 양상이고 한 유형이며, 너는 가면을 쓴 나이다.

이 무더위 속으로 누가 자꾸 나를 토해내고 있어

(…)

맞은편에서 승복을 입은 가면이 다가오는데
왜, 뜬금없이 '나'라는 생각이 들 때까지

직전들이 자꾸 옷깃을 스치며 지나갔어

3) 앞의 책, 629~30면.

은하가 자자한 네거리

사실 네거리 같은 건 없었어
───「직전」 부분

따라서 앞서 열거한 '너'의 목록은 그대로 '나'의 목록
이 된다. 평면적으로 나열된 너=나의 끝없는 목록은 시간
성을 삭제한 윤회의 목록이다. 이 목록에서 모든 개체는
시간의 서사를 첨가하면 얼마든지 서로 바뀔 수 있는 호환
의 관계에 있다. 이경림은 너와 나의 상호 호환성 혹은 윤
회를 유머와 위트가 섞인 거침없는 입담으로 이야기한다.
"결국 나인 너의 주머니에서 순식간에 지갑을 빼내는/소
매치기의 날렵한 손"(「다문(多聞)」)은 '나'의 손이며, "눈물
같은 돌, 안개 같은 돌, 한숨 같은 돌" 등 "돌과 연애하고
싶"(「돌들의 다다이즘 2」)은 '나'는 전생이나 후생에는 돌이
(었)다. 택시 운전사인 "옆집 남편 b"의 하루를 비유적으
로 분류하는 '나'는 'b'의 비유들인 "불타는 눈깔, 늪에 빠
진 시계, 쏟아지는 빙하, 똥통 벽을 하염없이 미끄러지는
구더기, 꽃" 등과 동일한 목록을 공유한다. 윤회의 시선으
로 보면, 나와 너, 이것과 저것, 주체와 대상의 구분은 사라
진다. 실재/실체와 비유 사이의 구분도 없어진다. "이 모든
비유는 적합한가?"(「비유적 분류」)라는 질문을 통해 이경림
은 이 문제를 건드린다. 단지 비유의 적합성을 묻는 것이

아니라, 몸 바꿈이 실제로 일어나기에 비유가 성립할 수 없는 세계에서 언어와 시의 존재 방식에 대한 근본적인 의문을 제기하는 것이다.

이경림은 윤회와 관련해 두가지 시적 방법을 고안한다. 첫째는 시간성이 녹아 있는 '윤회의 서사'를 재구성하는 것이고, 둘째는 시간성을 전부 또는 일부 삭제한 '윤회의 목록'을 작성하는 것이다. 이 두 유형의 시들에서 이경림은 언어의 불가능성과 무능에 대한 자의식을 표출한다. 윤회의 서사를 재구성한 시들에서는 주로 존재와 언어 사이의 어긋남과 언어의 모호성을 문제 삼으며, 윤회의 목록을 작성하는 시들에서는 각양각색의 차이를 지닌 존재들이 하나의 이름으로 통칭될 수 있는, 언어를 무효화하는 세계의 실상을 포착한다.

윤회의 서사는 사회·역사적 공동체와 시인 자신의 삶을 이야기하는 시들로 구성된다. 이 시들은 대체로 강한 현실 인식과 사실적인 어법을 취하며, 시간과 사실을 뒤틀어 드라마틱하게 재구성하기도 한다. 「자정(子正)」「습(習)」「입자들」「새재」 등의 시는 전쟁과 가난 등의 비극적인 현대사와 맞물린 공동체의 문제를 형상화한다. 「입자들」에 잘 그려져 있듯이, 공동체의 구성원들은 사람과 동식물과 무생물을 막론하고 윤회하는 다른─같은 '나'이다. 이들의 윤회는 이름과 비유 등의 언어적 차원 및 언어로 붙들 수 없는 공백을 함께 포함한다(죽은 '그'의 영정 앞에 엎드린

마을 사람들은 "한때 그가 지나온 숲"이었고, "뒷산의 곰바위"였고, "형제라는, 이웃이라는, 친구라는 이름으로 불리는 기호들이었으며 죽어도 읽히지 않는 어른거림" 등이었다가 어느날 문득 "현현되는 혼돈"이 된다). 한편,「불광(佛光)」「십정동(十井洞)」「전율하는 도시의 9층 유리 안에서」「나날은 강물이 되비추는 파장처럼……」 등의 시는 시인 자신의 생애 서사를 서술한다. 불광동을 지나가는 버스 안에서 본 40년 전 "후미진 신혼"(「불광」) 시절의 '너', "전율하는 도시의 9층 유리 안에서 어젯밤"은 "스물몇살 새댁으로 송림동 산동네 좁은 골목을 헤맸"고, "내일은/검은 면사포를 쓰고 낯도 모르는 신랑과 혼례를 올렸"(「전율하는 도시의 9층 유리 안에서」)던 '나'는 현생 안에 공존하는 '나'의 수많은 윤회의 이형(異形)들이다.

이경림은 공동체의 역사와 개인의 생애사에서 일어나는 윤회가 모두 '무지공처(無地空處)'를 떠도는 일이라고 말한다. "엊그제 지은 시청의 개관 600주년 기념식"(「눈꺼풀 속의 뽀르뚜갈」)이 열리는 곳도 무지공처이고, 신혼의 내가 살던 집 "두어뼘 되는 부뚜막에 새로 산 양동이 하나 이남박 하나 밥솥 하나 물솥 하나"가 "입을 벌리고 있"(「불광」)던 곳도 무지공처이다. 이곳 무지공처는 윤회가 일어나는 공간이자 윤회하는 존재들의 무상함을 일깨우는 공간이다.[4]

윤회의 목록을 작성하는 시들은 독특한 발상과 실험적

인 어법을 구사한다. 이경림이 10년 가까이 써온 '토마토'
연작과 「돌들의 다다이즘」 연작이 대표적인데, 이 계열의
시들 역시 공동체와 '나'의 문제를 두루 다룬다.[4]

어쩌다, 무엇 때문에, 백만번이나 죽었는지
백만번이나 태어났는지
백만번 생각해도 모를 일

나는 다만 저녁의 마트에서
백만번 죽은 브로콜리와 백만번 태어난 콩나물과
백만번 죽은 시금치와 백만번 태어난 돼지고기와 고
등어를
사 들고 와 백만번째 식탁을 차릴 뿐
　　　　　　　　　　　　　　　　　　　　—「만찬」 부분

옆집 토마토들은 지금 전쟁 중 토마토가 토마토를 던
지는 중 퍽 퍽 퍽

---

4) 세간(世間) 일체는 무상(無常)하여 어떤 것에도 머물 수 없고, 어
떤 것도 변하지 않는 것이 없으며, 어떤 것도 나에게 속하지 않는다.
(…) 일체는 모두 공(空)으로서 파악할 방법이 없으며, 모두 변해 가
며, 변하고 나면 아무것도 붙들 수 없다. 붙들 수 없는 이 상황, 이
경계가 곧 공(空)이다." 부처가 49년간 한 설법을 남회근은 이렇게
몇 줄로 '간단히' 요약한다. 앞의 책, 511면.

토마토들 허방으로 날아가는 중 철퍼덕 뭉개지는 중
으아아
　어린 토마토 우는 중 쨍그렁 덩덩
　어떤 토마토 산산조각 나는 중 시뻘건 속
　흘러내리는 중 던져봐 던져봐
　덜 익은 토마토 악쓰는 중
——「토마토 혹은 지금」 부분


　—— 제가 판 구덩이에서 저렇게 낄낄대다가 그 구덩이
에 묻혀 죽는 것이 삶일까요?
　나의 앤티크 숍 마리엔느가 시니컬하게 중얼거렸지요

　쉿! 우리끼리 말이지만 사실 나의 앤티크 숍 마리엔느
같은 게 어디 있겠어요?
——「나의 앤티크 숍 마리엔느」 부분


　이 시들은 각기 여성의 가사노동, 가정폭력과 층간소음,
'나'의 세속적인 욕망을 제재로 한다. 「만찬」에서 백만번
이나 죽고 태어난 '나'는 역시 "백만번 죽은 브로콜리"와
"백만번 태어난 돼지고기" 등으로 "백만번째 식탁"을 차
린다. 무한반복의 가사노동에 갇힌 여성은 사물화를 넘어,
끝없이 죽고 태어나는 과정을 되풀이하는 점에서 음식 재
료인 동식물과 구별되지 않는다. 이들은 서로의 전생이며

후생이다. 「토마토 혹은 지금」에서 인간은 토마토와 같다. "토마토가 토마토를 던지는" 싸움은 토마토가 산산조각 나며 파괴적으로 치닫는데, 이 중 어떤 토마토가 인간인지 채소인지를 판별하는 것은 무의미하다. "뭉개진 토마토 다시 뭉개며 무한정적의 거대한 토마토 속에서/부활하는 중"인 토마토들은 윤회의 틀에 갇힌 자각 없는 존재이다. 「나의 앤티크 숍 마리엔느」에서 화자는 둘이다. '나'와 '나의 앤티크 숍 마리엔느'. 나의 앤티크 숍 마리엔느는 '나'의 분신으로, 시의 초반에는 캘리포니아에 있고 온갖 희귀품을 갖춘 것으로 묘사되다가 결말에서는 존재 자체가 부정된다. '나'의 헛된 욕망을 집약한 없는 장소인 '나의 앤티크 숍 마리엔느'가 드러내는 것은 결국 '나'의 없음이다.

"밑도 끝도 없는 순환 전철을 타고 무한궤도를 도는"(「숍」) 존재들의 윤회는 무수한 '너'가 곧 '나'임을 알게 하며, 끝없이 변화하며 현상하는 존재의 실상에 대해 묻게 한다. 이 시집은 '너=나'의 발견과 '너=나'의 본체에 대한 질문으로 수렴되는데, 「Na, na」와 「이와 같이 나는 들었다」는 시적 사유와 스케일, 그리고 이경림 특유의 스타일 등에서 이 시집을 대표한다. 두 작품은 윤회의 서사 재구성과 윤회의 목록 작성이라는 두가지 시작(詩作) 방법을 아우른다.

그때 Na는 무우수나무 아래 모로 누워 na의 마지막을

거두고 있었다

　na의 필생(筆生) 위로 헤아릴 수도 없는 na들이 꽃잎
으로 떨어져 내렸다

　겨울인지 여름인지 늦가을인지 알 수 없었다

　그때 na는 늦가을이었다 겨울이었다 여름이었다 이른
봄이었다


　그때 na는 na와 깔깔거리며 남대문 근처를 지나가는
단발머리 여중생이었다

　하굣길이었다 남쪽의 역사 쪽에서 성난 na들이 스크
럼을 짜고

　독, 재, 타, 도, 독, 재, 타, 도, 외치며 어딘지 중앙으로
몰려가고 있었다

　그때 na는 구경꾼이었다 멀지 않은 곳에서 들리는 몇
발의 총성이었다

　갈가마귀떼로 몰려오는 진압군이었다 뿌옇고 매캐한
최루 연기였다

　그때 na는 성난 NA가 무서워 방향도 모르고 질주하
는 한마리 토끼였다

　정신없이 들어선 돔형의 붉은 역사였다 문 닫힌 역사
안에서 사시나무 떠는

　촌로, 소매치기, 시정잡배, 걸인, 불량배, 낙향 열차를
기다리는 순박한 아낙

이었다 그때 na는 그 모든 것의 화석 영원이었다 쥐라
기의 어느 바위
　속이었다 찰나로 스쳐간 만년이었다 역사의 천장에서
누군가 말했다
　'사태가 많이 안정되었으니 집으로 돌아가도 좋습니
다'

　(…)


　그때 na는 어디로 가나
　그때 na는 누구이며 Na는 누구인가
　한 숨으로 나타나고 또 한 숨으로 사라져갈 na와 Na의
　흰 뼈와 분홍 살들은 모두 어디로 가나

　(…)


　한 언덕을 다 잡아먹고도 사라지지 않는 Na여
　한번도 본 적 없는 Na여
　na의 행렬이 왜 이리 긴가
　　　　　　　　　　　　　　　　　　　　　　─「Na, na」부분


　na, Na, NA는 각기 작은 나(소아), 큰 나(대아), 대중(중
생)을 가리키는 기표다. '나'의 현상, 본체, '나'들의 공동

체로 볼 수도 있다. na는 끊임없는 윤회를 거듭하면서 우주에 존재하는 어떤 것(과도 같은 것)이 된다. na는 늦가을이고 여중생이고 총성이고 최루 연기이고 붉은 역사(驛舍/歷史)이고 영원이고 산짐승의 울음이고 기타 등등이다. 우주의 존재들은 na 1, na 2, na 3……의 관계 속에 Na의 무한대의 동일성으로 분열하고 수렴된다. Na는 이 na들의 무상한 변화를 지켜보는 na의 본체로서 시공간의 윤회를 초월한다. NA는 na의 사회·역사적 집합체다. NA는 "스크럼을 짜고 독, 재, 타, 도, 독, 재, 타, 도,"를 외치는 성난 na들과 구경꾼인 na와 "촌로, 소매치기, 시정잡배, 걸인, 불량배, 낙향 열차를 기다리는 순박한 아낙" 등의 na들이 뒤섞인, 사회와 역사의 방향을 함께 결정하는 공동의 운명체다. na는 자신의 의사와는 무관하게 NA에 속하고 NA로 합체된다. na는 특정 시대와 장소에서 살아가는 공동체적 존재로서 NA의 사회·역사적 책무를 어떤 형태로든 공유하는 것이다. NA는 na의 산술합산을 초과하는 복수형이다. 그러나 na와 마찬가지로 NA는 자신의 본체인 Na를 아직 알지 못한다. 이런 측면에서 이경림은 사회·역사적 현장을 직시하면서도 인간에 대한 존재론적 통찰을 사회·역사의 너머 혹은 이상으로 밀고 나가고자 한다.

na는 Na의 진짜 얼굴을 본 적이 없으며 그 정체를 가늠하지도 못한다. na의 언어는 무한 행렬의 질문의 형식을 띤다. "그때 na는 어디로 가나/그때 na는 누구이며 Na는

누구인가" "그때 na는 그 무엇도 아니었을까" "민들레 씨
만큼의 무게도 없이/천지사방이었을까 전후좌우였을까"
"한 언덕을 다 잡아먹고도 사라지지 않는 Na여/한번도 본
적 없는 Na여/na의 행렬이 왜 이리 긴가". 답을 알 수 없는
생(生)의 물음들은 울음을 낳는다. '물음과 울음'은 NA에
둘러싸여 Na를 이미 포함하고 있으면서 Na를 볼 수 없는
na의 안타까운 존재 방식이자 수행의 방식이다. na의 "온
갖 울음들을 아우르며 은은히 잦아들 범종 소리" 역시 물
음의 형식으로 다가온다.

> 수보리야 만약 선남자 선여인이 삼천대천세계를 부수어
> 가는 먼지를 만들었다면 네 생각에는 어떠하냐 이 가는 먼지가
> 얼마나 많겠느냐. 심히 많사옵니다. 세존이시여 왜 그런가 하오면
> 만약 이 가는 먼지가 실제로 있는 본체적 존재라면 부처께서는
> 곧 저 가는 먼지라 말씀하시지 않으셨을 것이기 때문이옵니다.
> 그것은 또 무엇 때문인가 하오면 부처께서 말씀하시는
> 가는 먼지는 곧 가는 먼지가 아니오며 그 이름이
> 가는 먼지일 따름이옵니다. ―『금강경』

이 무한천공 한그루 시퍼런 토마토나무 가지에 주렁
주렁 매달린 저 붉은 것들을 가령 토마토라 불러보자 누
구는 그것을 야채라 하고 누구는 과일이라 하고 (…) 그
리고 천지의 길들은 토마토로 뒤덮이고 토마토로 흘러
가고 토마토로 휘돌고 토마토로 쏟아지고 토마토로 소
용돌이치다가 이윽고 지름이 구만리요 넓이는 광대무

변인 한 토마토가 된다 치자 무한천공인 그 토마토는 사
실 한 터럭보다 작은 토마토와 같다 치자 안도 없고 밖
도 없고 두께도 없고 무게도 없어 결국 그 둘이 하나라
치자 그러면!

　어째서 저 광대무변의 한 토마토와 터럭보다 작은 토
마토가 같은 것이냐
　다른 것이냐 있는 것이냐 없는 것이냐 다만 그 이름이
토마토일 뿐인 저
　수천수만 토마토들의 물음은 끝이 없고 다만 그 이름
이 물음일 뿐인 물음들의 물음은 끝이 없구나
　　　　　　　　　　　　　　　　─「이와 같이 나는 들었다」 부분


　『금강경』 제30품을 '다시 쓰기'한 이 시는 '토마토' 연작
의 결정판이자 이번 시집의 총론에 해당한다. 이경림이 쓰
는 시들은 모두 이 시의 변주이며 각론이라고 할 수 있다
(가장 충실한 변주는 「앵두의 길」이다). 삼천대천세계를
부수어 만든 "가는 먼지는 곧 가는 먼지가 아니오며 그 이
름이 가는 먼지일 따름"이라는, 부처의 가르침을 받든 수
보리의 말은 na와 Na, NA의 구분을 일시에 흔들어놓는
다. '나'는 단지 그 이름이 '나'일 뿐 '나'가 아니기 때문이
다. 부처는 생명에 진정한 자기가 있다는 생각마저 하나의
상(相)이며, 생명이 무아(無我)라고 하는 것은 중생이 소아

181

(小我)의 상에 사로잡히는 잘못을 깨우치기 위한 것[5]이라
고 설한다. 당연히 무아마저도 하나의 상이다. 따라서 "저
광대무변의 한 토마토"(Na)와 "터럭보다 작은 토마토"
(na)가 같은 것인지를 묻는 물음은 '토마토'의 이름 곧 언
어의 경계를 벗어나지 못하는 한 "끝이 없"이 이어질 수밖
에 없다.

　이경림은 여기까지 쓴다. 시가 쓸 수 있는 것은 아마도
여기까지일 것이다. 그리고 다시 이경림은 성불한 사람마
저도 계속한다는 밥을 먹고 발을 씻고 자리에 앉는 일상
으로 돌아온다. 그러나 이경림은, 또한 그녀와 더불어 아
직 성불하지 못한 우리는 언어의 이전 혹은 바깥의 '공백'
(이 아니며 단지 그 이름이 '공백'인)에서 '문득' 도착하는
'너'를 만난다. '나는 누구인가'와 정확히 같은 뜻인 '너는
누구인가'라는 물음을 계속 던져야 하는 이 실존의 상황을
지금―이곳의 언어로는 '울음'과 '사랑'이라고 부른다. 이
경림은 "칠흑"이 "온갖 색들을 순식간에 지워버"려 "하고
많은 목숨의 윤곽들이 거짓처럼 지워져도 그 울음만은 지
우지 못하는 비밀"(「발광(發光)」)을 보았다고 말한다. 목숨
의 마지막까지 지워지지 않는 울음의 연원이 '사랑'임은
물론이다. 기억할 수 없는 많은 생을 거듭한 끝에 가까스
로 '나'는 "울음뿐이었던 한생을 기억해"내지만, '너'에 대

5) 앞의 책, 603면.

한 "내용도 없이 미친 이 사랑"(「습(習)」)을 계속하지 않을
도리는 없다. 너는 누구이며 나는 누구인지 아직 알지 못
하기에. "왜 어째서 어떻게 무엇이 그토록 너였느냐고" 네
게 물어도, '너'는 대답하지 않는다.

　우리 언제 다시 만날까 십년 후에 운 좋게 이 별에서
다시 만난다면 너는 네가 나는 내가 누구인지 알아볼 수
있을까? 그럴까? 왜 어째서 어디로 너는 흘러가고 나는
스며드는지 (…) 정말이지 너는 누구이며 나는 또 누구
인가? (…)
　왜 어째서 어떻게 무엇이 그토록 너였느냐고 나는 반
백년 후에나 중얼거린다. (…)
　그때 너는 누구였으며 나는 또 누구였으며 너와 내가
만났던 그 새벽의 공원은 지금 어디를 흐르고 있느냐고
내용도 없이 중얼거려 보는 것인데
　사랑에 골몰해 지갑을 흘린 줄도 모르는 연인들이 시
시각각 얼굴을 바꿔 달고 아직도 사랑에 골몰하고 있는
그 공원에서
　　　　　　　　　　　　　　　　　　　—「너는 말한다」 부분

　단지 너는 '말할' 뿐이다. 그 말을 받아 '나'는 지금—이
곳의 언어로 이렇게 쓴다. 지금 이 순간도 "시시각각 얼굴
을 바꿔 달고" 있는, 당신이 아니며 단지 그 이름이 '당신'

인 당신에게.


"당신은 벌써 도착했다구요?"

당신의 당신을 찾아 전 생애를 떠도는 당신. 당신은 있고 나는 사랑한다. 당신은 거기, 나는 여기. 당신은 무심히, 나는 필사적으로. 우리는 끝없이 나란한 평행 우주의 간격. 그러나 당신의 '있음'과 나의 '사랑함'의 간격을 시가 용인해줄 거라고 믿지는 마시기를. 시의 고유한 능력은 존재의 차원과 행위(의미)의 차원을 연결하는 것. 시의 무량한 공덕은 '나의 사랑함'이 '당신의 있음'을 '우리의 함께—있음'과 '서로—사랑함'으로 바꾸는 유일한 힘임을 설(說)하는 것.

시는 당신이 돌아오는 시간이며 장소. 당신을 잃으면 모든 것을 잃는 사랑의 을들이 서로 나누는 구원의 메시지. 상상의 우주가 아닌 눈앞의 지금—이곳을 피투성이가 되도록 살아내는 이들이 함께 숨쉬는 공기. 사랑하는 일이 욕망과 행위에 앞서 내가 존재하고 살아가는 일 자체임을 아는 이들의 "위태롭고 안온해서 아름다운"(「눈이 와서」) 공동체.

그러니 당신과 나, "앞이나 뒤나 안이나 밖이나 온통" 한 걸음만 내디며 지금—이곳에서 만나자. 불가피할 약간의

착오나 어긋남은 흔쾌히 무릅쓰고. 당신은 지금까지 내가
쓴 (적 없는) 가장 빛나는 문장, 같은 의미에서 가장 매혹
적이며 불투명한 공백. 어떤 시도 당신을 대신할 수 없고
어떤 공백도 당신보다 넓거나 깊지 않으니, 시가 당신은
아니지만 당신은 나의 시. 주체와 대상과 행위란 단지 개
념상의 구분일 뿐이어서, 당신을 사랑하는 나와 처음부터
분리될 수 없던 나의 사랑하는 당신.

金壽伊 | 문학평론가

내가 아버지라는 걸
어머니가 나라는 걸
생이 꼭 같은 상황의 반복에 불과하다는 걸 눈치채고부터
할 말이 없어졌다

나의 무덤 위에 모르는 대나무 두분이 서 있었다
서슬이 시퍼렜다
백만번째 아침을 맞는 것이 도대체 언제부터인가?

이상한 별이다

2019년 3월
이경림

창비시선 430

# 급! 고독

초판 1쇄 발행/2019년 3월 25일

지은이/이경림
펴낸이/강일우
책임편집/한인선
조판/황숙화
펴낸곳/(주)창비
등록/1986년 8월 5일 제85호
주소/10881 경기도 파주시 회동길 184
전화/031-955-3333
팩시밀리/영업 031-955-3399 편집 031-955-3400
홈페이지/www.changbi.com
전자우편/lit@changbi.com